나의 꿈, 나의 길

나의 꿈, 나의 길

초판 1쇄 발행 2017년 3월 30일
개정 1판 1쇄 발행 2025년 1월 24일

글쓴이 안도현, 정호승, 이루마 외

편집장 천미진
편집책임 최지우
편 집 김현희
디자인 최윤정
마케팅 한소정
경영지원 한지영

펴낸이 한혁수
펴낸곳 도서출판 다림
등 록 1997. 8. 1. 제1-2209호
주 소 07228 서울시 영등포구 영신로 220 KnK 디지털타워 1102호
전 화 02-538-2913 | **팩 스** 070-4275-1693
블로그 blog.naver.com/darimbooks
전자 우편 darimbooks@hanmail.net
다림 카페 cafe.naver.com/darimbooks

ⓒ 안도현, 정호승, 이루마 외 2025
ISBN 978-89-6177-348-5 (43800)

나의 꿈, 나의 길

안도현

정호승

이루마 외 지음

다림

3부   내 인생의 길잡이

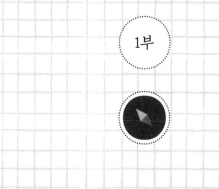

1부

나의 꿈, 나의 길

「나의 꿈, 나의 길」에는 꿈을 찾고 꿈을 이루기 위해

노력한 이야기들이 있다.

또 자신만의 길을 찾기까지의 여정과

그것이 삶에서 어떤 의미를 가지는지에 대한 이야기를 담았다.

중3 때 처음으로 쓴 시

안도현

내가 처음으로 단단히 마음먹고 시 한 편을 쓴 것은 중학교 3학년 때였다. 그때까지 나는 학교에서 줄곧 미술반 활동을 하면서 장차 화가가 되겠다는 은근한 꿈을 차곡차곡 쌓아 가고 있는 중이었다. 비록 켄트지에 수채화 물감으로 그림을 그리는 일이 고작이었지만 학교 안팎에서 열리는 미술 대회에서 두어 번 상도 받아 본 적이 있는 터라, 화가를 꿈꾸는 어린 내 가슴은 알 수 없는 설렘으로 가끔씩 둥둥 소리가 날 정도였다.

내가 다니던 중학교에는 해마다 한 권씩 내는 '무궁'이라는 이름의 교지가 있었는데, 거기에 들어갈 자잘한 컷을 그리는 일은 당연히 우리 미술반원들의 몫이었다. 그런데 한번은 컷을 그리는 일에 게으름을 피우다가 교지 제작을 지도하시는 선생님께 불려 가 사정없이 '귀싸대기'를 맞는 사건이 벌어졌다.

얼굴이 벌겋게 달아오른 나는 그때 미술반원이 된 것을 처음으로 후회하면서 엉뚱하게도 시를 써서 교지에 투고를 해야겠다고 입술을 깨물었다. 보란 듯이 시를 써서 교지에 실리게 되면 나를 때린 그 국어 선생님을 깜짝 놀라게 할 수도 있거니와 중학교 졸업을 앞둔 마당에 하나의 작은 기념이 될 것도 같았다.

작문 숙제나 백일장 같은 학교 행사를 제외하면 나는 스스로 글을 써 본 적이 별로 없었다. 해마다 방학 때면 일기 쓰는 숙제가 나를 괴롭혔는데, 개학하기 하루나 이틀 전에 한 달 분량의 일기를 벼락치기로 쓰는 일도 예사였다. 시를 써야겠다고 벼르기는 했지만 눈앞이 막막하기만 했다. 국어 시간에 배운 시는 어렵고 애매한 것들이 태반이어서 실제로 시를 쓰는 데는 큰 도움이 되지 못하였다. 우리는 시의 맛을 보고 그것을 느끼는 수업을 한 게 아니라 시험에 대비해서 시를 분석하고 이해하는 수업에 길들어 있었던 것이다.

나는 도서관으로 가서 시집이든 잡지든 시가 실려 있는 책을 닥치는 대로 찾아 읽기 시작했다. 그 무렵에 한창 장안의 지가를 올리던 최인호의 꽤 '야하다'는 소설을 읽는 일도 덤으로 얻는 즐거움 중의 하나였다. 그 며칠 동안에 나는 수백 편의 시를 읽었던 것 같다. 그리하여 가까스로 한 편의 시를 완성했는데, 제목이 '가을'이라는 시였다. 지금도 그 첫 구절이 기억난다. '빛바랜 토담 옆에/석류의 빠알간/수줍음이 여물고…….'

내가 보기에는 몇 번이나 읽고, 또 읽어 보아도 '명작'이었다. 나는 교지 편집부에 자신 있게 투고를 한 뒤, 교지가 하루 빨리 나오기를 손꼽아 기다렸다.

그러나 졸업식 무렵에 막상 받아 본 교지에는 내가 처음으로, 그토록 심혈을 기울여서 쓴 시가 실려 있지 않은 것이었다. 이런 경우를 대비해서 영악하게도 나는 알베르 카뮈의 『이방인』을 읽은 독후감을 시와 함께 투고했는데, 다행히 그 글은 교지의 한쪽 면을 오롯이 채우고 있었다. 나는 몸 둘 바를 몰랐다. 그것은 내가 쓴 글이 교지에 실린 기쁨 때문이 아니었다. 『이방인』의 줄거리와 책 뒤의 실존주의 운운하는 해설을 적당히 짜깁기한 독후감의 남루한 문장과 내용이 나를 부끄럽게 만들었던 것이다.

게다가 내가 쓴 시가 선택되지 않은 탓에 그 충격도 적지 않았고, 뭔가 억울하다는 생각도 들었다. 그래서 나는 함부로 단정 짓고 말았다. 좋은 시를 고르는 선생님의 안목에 문제가 있거나 나의 시 쓰기 수련이 어설프거나 둘 중의 하나라고.

그리하여 나는 고등학교에 가게 되면 물감과 스케치북을 집어던지고 문예반에 들어가 시를 써 보아야겠다고 마음을 바꾸었다. 장래에 이름을 날리는 시인이 되지는 못한다 하더라도 고등학교 교지에 시 한 편만은 꼭 실리게 되기를 바라면서. 내 삶의 미래에 대한 설계도를 다시 그리면서 한 사람의 시인으로 살아가는 꿈을 꾸게 된 것은 이십몇 년 전, 거기서 그렇게 비롯되었다.

그 후에 교단에서 아이들에게 국어를 가르치는 교사로, 시를 쓰는 시인으로 살면서 나는 중학교 3학년 때의 그 일을 종종 떠올리곤 하였다. 특히 학교에서 교지나 신문을 만들거나 아이들이 쓴 글을 읽을 때는 옛날의 내가 생각나서 여간 조심스러운 게 아니었다. 가르친다는 것은 어린 영혼들의 꿈을 다치지 않게 보살피고 물을 주는 일이기에 나는 그런 정원사가 되고 싶었던 것이다.

어떤 사소한 계기가 인생을 이끌어 가기도 한다는 것을 그동안 나는 많이 보아 왔다. 그렇게 보면 이 세상에 벌어지는 일 중에 중요하지 않은 것은 아무것도 없다는 생각도 든다. 다만 사소하고 하찮아 보이는 일을 얼마만큼 자기 자신 속으로 잡아당겨 삶의 밑거름으로 삼는가 하는 문제만 남아 있을 뿐이다.

흔히들 인생에는 세 번의 기회가 있다고 하지만, 내가 보기에는 우리가 맞닥뜨리는 한순간, 한순간이 기회다. 가령, 축구 경기를 할 때 골문 근처에서 슛을 날리는 선수에게만 승리의 기회가 돌아가는 것은 아닐 것이다. 공격의 최전방에 있는 선수가 골을 넣었다고 할지라도 그 골은 수비수의 발길질 하나하나가 모여서 이루어진 것이다. 우리 앞에는 정말 수없이 많은 기회가 우리를 기다리고 있다. 그 기회를 낚는 지혜로운 어부가 되기를 꿈꾸며 우리는, 오늘도, 살아간다.

안도현

1961년 경북 예천에서 태어나 1984년 동아일보 신춘문예에 시가 당선되어 등단했다. 지금까지 쓴 책으로 시집 『그대에게 가고 싶다』『외롭고 높고 쓸쓸한』『너에게 가려고 강을 만들었다』『간절하게 참 철없이』『북항』 등이 있고 동시집 『나무 잎사귀 뒤쪽 마을』『냠냠』을 펴냈다. 『백석 평전』『잡문』『그런 일』 등의 산문과 『연어』 『관계』 등의 어른을 위한 동화도 썼다.

그려지는 시간, 지워지는 시간

최은영

20대 초반, 당시에는 조금 희귀한 케이스였던 '임파종(혈액암)'과 싸우며 여러 차례 힘든 시기를 이겨 냈을 때에는 앞으로 뭐든지 잘할 수 있겠다는 자신감이 생겼다. 과거를 반성할 수 있었던 시간이자 앞으로 나아갈 방향을 고민하게 만들었던 시간. 내 인생의 또 다른 터닝 포인트를 만들어 준 고통의 시간을 감사히 받아들이기로 했고, 스스로도 조금 더 긍정적으로 변한 내 모습이 좋았다. 그런데 이겨 낸 줄로만 알았던 그 병이 다시 찾아왔을 때에는 더 깊이 무너질 수밖에 없었다. 다시 그 끔찍했던 고통을 겪어야 하나, 이렇게라도 다시 살아야 하는 걸까……. 점점 더 우울해지고 점점 더 어두워졌다. 나 혼자의 시간만 멈춰 있는 듯했고 친구들과도, 가족들과도, 세상과도 점점 단절되어 갔다.

그러던 어느 날, 문득 계속 이렇게 지내다가는 정말 큰일이 나겠다는 생각이 들었다. 우울감에 주저앉아 있는 동안 느꼈던 것은, 아무도 내 문제를 해결해 주지 않는다는 것이었다. 일어설 수 있는 법을 스스로 찾아야 했다. 고통을 잊을 만큼 집중할 수 있는 어떤 대상이 있으면 좋겠다고 생각했고, 그때 떠올랐던 것이 예전에 우연히 보았던 '샌드 아트(Sand Art)'였다.

처음 샌드 아트를 보았을 때의 설렘과 경외감이 다시 떠올랐고 무작정 인터넷 검색을 했다. 국내 사이트에서는 샌드 아트에 대한 어떤 정보도 찾을 수 없었고, 해외 사이트를 통해 외국 작가들의 활동 영상과 작품들을 접할 수 있었다. 작품을 보면 볼수록 한번 해 보고 싶다는 욕심이 생기기 시작했다.

그런데 장비를 마련하는 것부터가 문제였다. 샌드 아트 자체가 생소하다 보니 장비 또한 있을 턱이 없었다. 영상물을 보며 연구하면서 빛이 나오는 라이트박스가 필요하다는 사실을 알게 됐고 애니메이션 작업이나 사진 필름 보는 작업을 할 때 쓰이는 라이트박스를 구하게 되었다. 사용자 편의를 위해 약 30도 정도 기울어져 있는 라이트박스. 수평을 맞추기 위해 여러 권의 책을 쌓아 다리를 만들었고, 모래를 담기 위해 커다란 액자 유리에 폼보드를 이용해 모서리를 높였다. 누가 봐도 엉망진창인 나의 첫 샌드 아트 장비. 그래도 뭔가 해 볼 수 있는 환경을 만들어 가는 것이 재미있었다. 색 모래를 구입해 유리판 위에 뿌리고 손으로 처음 만져 봤을 때의 그 기분이란……, 뭔가 모를 해방감이었다.

손가락 사이사이 부드럽게 흘러가는 모래를 보는 동안 점차 마음이 차분해지는 것도 느낄 수 있었다. 손이 움직여지면서 뭔가를 그릴 수 있다는 게 신기했고 모래를 만지는 동안은 정말 시간 가는 줄 모르고 보낼 수 있었다. 사진을 찍거나 영상으로 남기지 않으면 보관할 수 없는 모래 이미지가 늘 아쉬웠고 결국 작은 핸디캠까지 마련해 연습하는 장면들을 남기기 시작했다. 피겨 여왕 김연아를 푸른 모래로 그리고 그 영상을 포털 사이트에 올리던 날, 그토록 많은 사람들이 호응을 해 주리라고는 상상도 못 했었다. 다음 날 대형 포털 사이트 몇 곳의 메인 화면에 동영상이 올라갔고, KBS에서 뉴스 취재까지 했다. 수백만 명의 사람들이 보고 남겨 놓은 댓글들……．

　혼자 웅크리고 세상과 단절되었던 내가 다시 한번 첫걸음
을 내디딘 세상에서, 사람들은 나를 아픈 환자가 아닌 '아티
스트'로 부르기 시작했다. 내가 느끼고 생각하는 것들을 모래
이미지로 표현하고, 그것을 본 사람들이 공감하며 나와 같은
것을 느낀다는 것은 짜릿했다. 그리고 그 설렘은 10년이 지난
지금까지도, 어제보다 더 성장한 오늘의 아티스트가 되기 위
해 꾸준히 노력할 수 있게 해 주는 힘이다.

　이제 샌드 아트는 내게 즐거운 작업이자 생활이 되었다. 그
리고 감사하게도 나는 이제 나와 같이 샌드 아티스트로서의
첫걸음을 내딛는 사람들을 위해 경험과 노하우들을 알려 줄
수 있을 만큼 성장하게 되었다.

　단절됐던 세상과 다시 연결될 수 있었던 나의 첫발자국. 나
와 같은 이들을 위해 용기 낼 수 있었던 첫발자국. 늘 새로운
작품을 통해 어제와 다른 '나'를 느낄 수 있는 첫발자국. 항상
즐거운 일들만 있었다고 말할 수는 없지만, 분명한 것은, 샌드
아트는 언제나 스스로 다시 일어설 수 있게 하는 나의 '첫발
자국'이라는 사실이다.

최은영

해외에서도 활발한 활동을 펼치는 국내 1세대 샌드 아트 디렉터. 빛과 모래를 이용한 이미지들을 화면으로 영상화하면서 이야기를 전달하는 샌드 아트는 모래 두께와 빛의 차이를 통해 다양한 아름다움을 펼쳐 낼 수 있는 예술이다. 스토리텔링을 통해 다양한 계층과 공감할 수 있는 샌드 아트의 특별한 매력에 빠져 샌드 아트가 생소하던 2006년, 샌드 아트의 보급과 대중화를 위해 아카데미를 설립했다.

적정한 집을 짓다

윤주연

"언젠가 내가 집을 짓게 된다면 꼭 너에게 부탁할게!"

"그래 내가 해 줄 테니까 너는 준비만 잘하면 돼!"

이런 말을 하면서 우리는 서로를 '건축가 님' 그리고 '건축주 님'이라고 부르면서 웃었다.

이것은 내가 서른한 살에 대학원에 진학하기 위해 네덜란드라는 낯선 나라로 떠날 때의 풍경이다. 십년지기 친구 진이는 유학을 가는 내게 책 한 권을 건네주면서 자신에게도 이런 집을 지어 달라고 했다. 책의 제목은 『두 남자의 집 짓기』로 건축가가 그의 친구와 땅을 공유하면서 두 가족이 살 수 있는 듀플렉스 주택을 지은 이야기를 담고 있다. 듀플렉스 주택은 땅콩집이라 불리기도 하는데, 땅콩처럼 하나의 껍질 안에 두 개의 집이 있다고 해서 붙여진 이름이다. 땅콩의 고소함과 귀여운 모습을 그려 보면서, 나도 이렇게 친구가 원하는 집을 설계해 주고 그 과정을 책에 담을 수 있으면 좋겠다는 막연한 꿈을 꾸기 시작했다.

내가 어떤 건축가가 되어야 할지 처음 생각한 순간이 떠올랐다. 건축을 전공한 것은 '건축가는 예술적 감각을 가지고 기술과 사회를 잘 이해하는 사람'이라는 말이 멋지게 느껴져서였다. 하지만 막상 시작한 건축 공부는 어렵기만 했고, 내가 재능이 있는지 의문이 들었다. 그때 우연히 해비타트*집 짓기 봉사 활동에 참여하게 되었다. 필리핀으로 떠나 예비 입주자들의 이야기를 직접 듣고, 함께 집을 만들어 가면서 나의 시야가 새롭게 열렸다. 그 전까지 학교에서 배웠던 건축은 콘크리트와 유리로 이루어진 추상적 공간의 외형이었는데, 사람과 생명이 보이기 시작한 것이다. 우리가 함께 만든 집 덕분에 흩어져 살던 네 명의 가족은 한 지붕 안에서 안정을 찾고 미래를 꿈꿀 수 있게 되었다. 벽을 세우고 지붕을 덮는 게 건축의 전부가 아니라는 것을 깨달았다. 그 안에 가정과 회복이 담겼

* **해비타트** 전 세계 취약 계층을 위해 집을 짓고 안전한 주거 환경을 제공하는 비영리 단체.

을 때 비로소 집이 완성되는 것이었다. 건축가로서 다른 사람의 삶에 가치를 더해 줄 수 있다는 것이 뿌듯했고 자랑스러웠다. 나의 능력과 재능으로 주변에 도움을 줄 수 있다면 무엇이든 해 보리라 생각했다.

꿈을 이룰 수 있는 기회는 생각보다 빨리 찾아왔다. 우리가 서로를 건축가 님, 건축주 님이라고 부르기 시작한 지 3년이 되었을 때, 나는 이미 대학원 과정을 마치고 암스테르담의 'UN Studio'라는 건축 사무소에 다니고 있었다. 그런 내게 진이가 집을 지으려고 하는데, 봐줄 수 있는지 물어 왔다.

그들의 이야기는 이러했다. 진이는 남편과 아들 둘과 단독주택에서 셋집살이를 하고 있었는데, 전세금이 급격히 올라 차라리 그 돈으로 집을 짓는 게 낫겠다고 생각했단다. 마음을 먹고 알아보니 불가능한 일은 아닐 듯했다. 전세 자금으로 땅을 사고 땅콩집을 지어서, 한 집은 자신이 살고 다른 한 집은 전세를 주면 된다는 계획이 나온 것이다. 거기까지 생각이 닿으니, 그 집을 설계할 건축가로 내가 떠오른 것은 너무 자연스러운 일이었다.

하지만 당시 나는 네덜란드에 있었고, 진이와 가족이 살 공간은 한국에 있었기에 선뜻 부탁을 받아들일 수 없었다. 그럼에도 불구하고 친구 가족을 위해 내가 줄 수 있는 최대한의 도움을 주고 싶었다. 고맙게도 우리에게는 화상 회의 프로그램이 있었고, 수천 마일의 거리는 화면 두 개로 좁혀져 어려움 없이 소통할 수 있었다.

땅콩을 어디에 심을지, 속을 어떻게 채울지 함께 고민하며 아이디어를 주고받았다. 차츰 설계가 이루어졌고, 제법 탐스러운 땅콩집의 도면이 완성되었다. 외관은 하나의 집처럼 보이지만, 내부의 각 공간이 테트리스 조각처럼 맞물려 있다는 점에서 기존의 듀플렉스 주택과는 차별점을 가졌다.

하지만 우리에게는 또 다른 어려움이 기다리고 있었는데, 그것은 '현장'이었다. 설계라는 디자인에서 그치지 않고 실제로 완성이 되려면 도면대로 지어지고 있는지, 안전하고 하자 없이 시공되고 있는지 현장을 관리하고 감독하는 '감리' 역할이 꼭 필요하다. 당시 나는 유럽에서 근무 중이라 한국에 오갈 수 없었기에 감리가 불가능했다.

그래서 처음부터 내가 의도한 설계를 여러 이미지와 글로 표현해 '디자인북'을 만들었다. 보통의 건축가라면, 건축 작품을 지을 때 예술적으로 빼어나고 특별한 기술을 가미한 건축물을 만들고 싶어한다. 하지만 현장에서 직접 시공하는 인부들에겐 건축가의 설명이 어려울 뿐 아니라, 시공 방법 자체를 이해하지 못해 그들의 방식대로 바꿔 작업하는 일이 종종 벌어진다. 그것들은 대부분 하자의 요인이 되고 건축주와 소송에 휘말려 법적 문제를 일으킬 수 있다.

직접 현장을 감리할 수 없는 상황이기에, 나는 시간과 비용이 허비되지 않도록 쉽고 보편적인 시공 방법을 적용했다. 비유하자면 우리나라 음식을 외국에서도 만들어 먹을 수 있도록, 대체 가능한 재료와 여러 가지 조리법을 제시해 준 것이다. 덕분에 시공사는 설계 의도를 잘 이해했고, 시공법을 곧장 현장에 적용했으며 하자 없이 공사를 마무리할 수 있었다.

하얀 벽면에 파란색 문으로 포인트를 준 집 '온당'은 그렇게 완성이 되었다. '온당'은 따뜻함이 깃든 곳이라는 뜻이기도 하고, 어긋남 없이 알맞다는 뜻이기도 하다. 건축가적 욕심을 내려놓고 건축주를 위한 집을 지어서인지 '집을 지으면 십 년은 늙는다'는 건축 괴담을 피할 수 있었을 뿐 아니라, 대중의 공감을 얻어 여러 매체를 통해 소개되었다. 서른한 살에 유학길에 올라 막연히 가진 꿈이 현실이 된 것이다.

친구의 집을 설계한 것은 내 인생의 큰 전환점이 되었다. 그 전까지 나는 더 세련되고, 더 유명하고, 최고로 좋은 건축을 해야 한다고 생각해 왔다. 그래야만 건축가 혹은 건축 분야의 작가로서 인정을 받는다고 생각했기에 소위 말하는 '명품 건축'을 하는 곳에서 커리어를 쌓고 있었다. 하지만 친구의 집을 지으면서 더 좋은 건축보다 더 적합한 건축을 하는 것이 중요하다는 걸 깨달았다. 그 가치관을 이름으로 걸어 '적정건축'이라는 건축 사무소를 열게 되었다.

꿈은 구체적이고 확실한 말로 표현할수록 이룰 가능성이 커진다. 친구와 내가 서로를 '나의 건축가' '나의 건축주'로 부른 뒤로 그것이 현실이 되었듯, 적정한 건축을 하겠다는 나의 건축 지향점을 '적정건축'이라는 말로 부르며 구체적으로 길을 만들어 가고 있는 중이다. 많은 사람들이 자신에게 딱 맞고 적절하다고 느끼는 공간을 누리길 바라며, 나는 오늘도 도면을 펼치고 행복한 고민에 빠진다.

윤주연

어려서부터 지도를 보며 상상하기를 좋아하고 길을 잘 찾았지만, 그런 게 재능일 것이라 생각하지 못했다. 대학에서 건축을 전공하며 '공간 감각'도 재능이라는 것을 알게 되었다. 실제로 사용하는 사람에게 적합하고 알맞은 공간 만드는 것을 즐기며, 무언가 짓는 일을 계속하고 있는 건축가이며 설계에 관한 글을 쓰는 작가, 호남대 건축학과 교수이다.

나만의 속도로 하늘에 닿다

강진주

스물셋, '전공을 살려 은행에 취직할 것인가, 어학연수로 다져진 중국어 실력을 살려서 새로운 일을 찾아볼 것인가' 졸업을 앞둔 무렵 고민의 기로에 섰다. 같은 노력을 기울였을 때 즐거움과 성과를 더 가져다주는 것은 전공 공부보다 중국어였다. 그래서 무작정 중국 취업 시장에 뛰어들었다.

그때 중국인에게 한국의 서비스를 교육해 주는 회사에서 인턴으로 일을 배우기 시작했다. 인턴 기간이 끝나고 정식으로 일을 하려고 보니, 정작 내 이력에 서비스직이라곤 아르바이트뿐이었다. 회사의 대표님은 나에게 승무원 경력이 있으면 나중에 이 일을 할 때 도움이 많이 될 거라고 조언해 주셨다.

그 말을 새겨듣고 한국으로 돌아온 후, 약 6개월 동안 열세 곳의 항공사에 면접을 보았다. 마지막으로 본 중동 항공사에 합격했고, 그렇게 승무원이 되어 타지에서의 직장 생활을 시작했다.

처음 1년의 승무원 생활은 모든 것이 새로웠다. 잡지에서만 보았던 장소들을 직접 가 보게 되었고, 그 나라의 음식을 먹고 문화를 경험했다. 서툰 영어였지만 나의 서비스에 감사를 표하는 승객들의 따뜻한 인사에 시간이 어떻게 흘러갔는지 모르겠다. 밤낮을 가리지 않는 비행 스케줄을 마친 후, 자유롭게 누리는 나만의 시간을 덤으로 즐길 수 있었다. 하지만 승무원 생활은 한국에 거점을 둔 일이 아니었기 때문에, 이다음 나는 무엇을 할 것인가에 대해서 조금씩 고민하기 시작했다.

꿈꾸던 직업을 갖게 되면 그걸로 끝인 줄 알았는데, 취업 후 다시 진로 고민하게 되었다. 다시 중국으로 돌아가서 서비스 교육에 몸을 담을 것인가, 아니면 내가 좋아하는 비행기에서 오래 일할 수 있도록 새로운 도전을 이어 갈 것인가. 그쯤 내 눈에 보이기 시작한 건 여자 조종사들이었다. 머리를 한 가닥으로 질끈 묶고 유니폼을 입은 그녀들에게서 뿜어져 나오는 차분함, 진지함, 프로페셔널한 모습에 반해 버렸다. 무엇보다도 나이가 들어도 오랫동안 비행기에서 일을 할 수 있는 '조종사'가 되고 싶었다. 그래서 조종사가 되기로 마음을 먹은 후, 함께 비행하는 조종사들에게 궁금한 것들을 물어보며 나만의 방식으로 길을 개척해 나가기 시작했다.

2016년 비행 훈련을 받을 학교를 정한 후, 회사로부터 무급 휴가 3개월을 받아 첫 조종 면허를 취득했다. 다른 친구들처럼 한 번에 모든 교육을 소화해 낼 만큼의 금전적인 여유도, 시간도 없었다. 왜 나는 모든 것이 갖추어지지 않은 채 시작해야 하나, 승무원으로 비행을 하면서 월급 모아서 교육을 끝내려면 얼마나 시간이 걸리려나, 막막함에 갈 길이 너무나도 멀게 느껴졌다. 이런 생각에 잠기다 보니 나는 내가 그다음으로 해야 할 공부에 집중하지 못한 채 시간만 보내고 있었다. 그래서 생각을 바꾸기로 했다. '모든 것이 완벽하게 준비된 때를 기다리다가는 지금 주어진 기회를 놓칠 수도 있다. 나에게 투자하는 일은 멋진 일이다.'

휴가가 주어질 때마다 교육을 받으러 떠났다. 작은 경비행기로 한 시간 남짓한 스케줄을 하늘에서 보내기 위해서는 사전에 준비해야 할 것들이 있다. 가장 먼저 그날 나의 컨디션이 괜찮은지, 그리고 날씨를 확인한다. 내가 가고자 하는 경로에 있는 공항들의 정보를 확인하고, 몇 피트의 고도로 비행할 것인지 연료를 계산한다. 마지막으로 내가 탈 비행기가 안전한지 점검을 마친 후 비로소 비행은 시작된다.

비행기가 움직이는 순간부터 지나가는 공항의 라디오와 교신을 하고, 올바른 방향으로 가고 있는지 나침반을 보고, 혼자서 연료를 계산하다 보면 시간은 정말 순식간에 지나갔다. 해 지는 노을도 한번 쳐다보고, 유채꽃 만개한 지상의 꽃밭을 내려다보면 마음이 벅차오른다. '내가 하고 싶은 일을 하면서 멋진 풍경까지 볼 수 있다니, 정말 감사한 일이야.' 하고 말이다. 가끔은 우리가 통제할 수 없는 기상이나 공항의 상황 때문에 계획한 경로대로 비행을 완수하지 못할 때도 있지만, 착륙하고 나면 오늘도 안전하게 비행을 마쳤다는 생각에 보람찼다.

비행 훈련을 받는 과정에서 가장 나를 힘들게 했던 것은 다름 아닌 나 자신이었다. 내가 성장하는 속도와 타인의 속도를 비교했던 것이다. 나에겐 모든 교육 과정을 한꺼번에 수료할 수 있는 환경이 주어지지 않아 중간중간 쉼표를 찍어야 하는 것도 알고 있었다. 그럼에도 불구하고 휴가가 주어지면 쉴 틈

없이 몰아치며 하루도 빠짐없이 비행에 나섰다. 내가 계획한 목표를 달성하는 데에만 혈안이 되어 있었다. 누군가와 경쟁하는 것도 아닌데 말이다. 주어진 휴가를 다 쓰고 다시 일터로 돌아가기 전 마지막 비행을 했다. 교관님이 걱정 가득한 내 얼굴을 보더니 이렇게 물어보셨다.

"무슨 고민 있니? 비행 잘 끝냈는데 얼굴이 어둡네."

"다음 비행까지는 시간이 제법 걸릴 텐데, 지금까지 했던 비행을 까먹을까 봐 걱정돼요. 나랑 같이 시작한 친구들은 곧 구직활동을 시작할 텐데요. 나는 언제 그런 기회를 얻게 될까요?"

"조급한 마음도 충분히 이해해. 하지만 이게 하루아침에 완성되는 게 아니라 벽돌을 쌓듯 하나씩 만들어 가는 거거든. 네가 공백 기간을 가진다고 해서 네가 가진 비행 기술이 사라지는 게 아니야. 인생에는 각자 주어진 속도가 있고, 그 속도에 따라 우리는 움직이는 거지. 함께 교육을 받았던 친구들이 취업하게 되면 진심으로 기뻐해 줘. 네가 걸어가게 될 길의 청사진을 그들이 미리 보여 주었으니 감사하는 거지. 지금은 그들의 때인 거고, 너만의 속도대로 가다 보면 너의 순간이 찾아올 거라고 믿어."

교관님의 조언은 틀린 말이 아니었다. 주어진 환경에서 최선을 다하고 있지만, 한 칸 한 칸 사다리를 오르고 있으면서도, 열매를 빨리 쥐고 싶어서 조급히 손을 뻗는 나를 제대로 바라보게 된 날이었다. 욕심과 열정이 뒤섞인 마음을 적나라하게 들켜 버렸다. 부끄러웠고 한편으로 나 자신에게 미안해졌다. 교관님과 대화를 나눈 그날 이후로 조급한 마음이 들 때면 일기장에 이런 구절을 적었다.

'남과 비교하지 말자. 나는 나의 방식대로 하루하루 나아지고 있다. 공부하고 복습하다 보면 이 기술은 온전히 나의 것이 된다. 내가 교육을 마치고 나면 내가 일할 곳은 나를 기다리고 있다.'

학교라는 울타리를 떠나 사회에 나와 내 길을 닦아 나가는 것은 생각보다 순탄하지 않을 수 있다. 시행착오를 겪으며 넘어지기도 하고, 조언을 해 주는 고마운 사람들 덕분에 일어서기도 할 것이다. 이러한 길을 완주하는 데 가장 힘이 된 것은 '최선을 다하는 나를 믿어 주는 마음'이었다. 성과가 당장 눈앞에 보이지 않더라도, 오늘의 일과를 잘 해낸 나는 내일 더 나은 모습일 거라고. 그 믿음이 자신감을 기르는 데 큰 도움이 되었다.

조종사가 되기로 마음먹고 8년이 지난 지금, 나는 한 항공사에서 조종 훈련생으로 교육을 받고 있다. 배워 온 것들 위에 새로운 지식과 조언 그리고 경험을 쌓으며 아직도 성장해 나가고 있다. 나아가다가 지칠 때는 잠시 쉬어 가며 나를 다독이고 또 나아갈 것이다. 이 글을 읽는 여러분도 자신만의 속도로 원하는 길에 안전히 닿기를 바란다.

강진주

현재 중동 항공사에서 조종 훈련생으로 입사해 교육을 받고 있다. 오랜 기다림 끝에 온 기회이기에 감사히 수행해 나가는 중이다. 좋아하는 문장은 "A good pilot is always learning"이다. 같은 비행기에 오르지만 항상 배울 것이 있기에, 열린 마음으로 임하고자 한다. 좋은 조종사가 되기 위한 기초 공사를 잘 마치고, 안전하게 하늘에서 만날 날을 기대한다.

취미가 답할 때

김광준

    어릴 때부터 야구장을 내 집 드나들 듯했습니다. 아버지 퇴근 시간이면 통근 버스가 서는 곳에서 아버지를 기다렸다가 함께 야구장으로 향했습니다. 돈이 모이는 대로 친구들과 야구장에 갔고, 혼자 비스킷과 콜라를 사 하루에 두 경기를 본 날도 있었습니다.

    어린 아들이 하루가 멀다 하고 야구장에 가니 부모님의 근심도 컸습니다. 교과서가 아닌 스포츠 신문을 정독하고, 야구 선수가 될 것도 아니면서 온통 야구에만 정신 팔려 있으니 커서 뭐가 될지 심각하게 걱정하셨다고 합니다.

    고등학생이 되어서도 여전히 야구장 출입을 멈추지 않았습니다. 고3 어느 날, 야간 자율 학습에서 도망쳐 야구장에 갔습니다. 관중석에서 교복 상의를 빙빙 돌리며 응원하는 모습이 스포츠 뉴스에 소개되는 바람에 학교에서 반성문을 쓰기도 했습니다. 야구를 좋아한다는 이유로 여자 친구에게 이별 통보를 받은 적까지 있습니다.

제 부산 사투리를 듣자마자 열에 아홉은 "야구 좋아하시죠?"라고 물어봅니다. 그중 다섯 정도는 "롯데 팬이시죠?"라고 확신합니다.

현지인이자 산증인으로서, 그들이 꼭 한번 가 보고 싶다는 사직 야구장을 어린 시절 겪은 무용담을 섞어 신나게 설명해 주노라면 마치 그 시절로 돌아간 듯합니다.

일본 프로 야구팀 야쿠르트 스왈로스의 팬이던 무라카미 하루키가 진구 구장 외야석에 드러누워 맥주를 마시다가, 외국인 선수가 친 이루타를 보면서 '소설가가 돼야겠다'고 결심한 건 유명한 일화입니다.

무엇인가 쓰고 싶고, 누군가에게 뭔가 전해야겠다고 생각한다면, 비록 지금은 부족해도 반드시 '무엇인가를 쓸 수 있는' 시기가 온다고 하루키는 말합니다.

하루키에 견줄 수는 없겠지만 제가 지금 스포츠 칼럼니스트라는 명분으로 글을 쓰는 것도, 어린 시절, 동네 슈퍼보다 자주 갔던 사직 야구장에서의 시간이 있기 때문입니다.

평범한 직장인인 저는 모 잡지에 롯데 자이언츠와 사직 야구장에 대해 글을 쓴 뒤 필자 대접을 받기 시작했습니다. 지금 스포츠 채널에서 옛날 일처럼 보여 주는 1980년대 야구장을 제 눈으로 지켜보았고, 그곳의 바람을 직접 몸으로 느꼈습니다. 그리고 그것은 텔레비전이 기록하지 못하는 저만의 소중한 자산입니다.

그러니까 '벽돌을 올리듯 현실의 경험을 하나하나 소중하게 쌓다 보면' 언젠가 무엇인가를 쓸 수 있는 시기가 온다는 하루키의 말은 이런 게 아닐까 싶습니다.

사람마다 좋아하는 것이 다르고 취미도 제각각이지만, 무엇인가 끝까지 좋아하다 보면, 언젠가 그 취미가 인생에 답하는 날이 옵니다. 그것이 무엇이든 부끄러워하지 말고 좋아하는 일에 순정을 바치기 바랍니다. 인생의 승패는 연봉이 아니라 취미에서 판가름 나기도 합니다.

김광준

야구를 사랑하는 에세이스트다. 글과 무관한 회사를 다니고 회사와 무관한 글을 쓴다. 열두 살 때 최동원과 선동열이 펼친 전설의 15회 무승부 경기를 사직 야구장에서 직관했다. 『한겨레21』에 '김준의 벤치워머'라는 칼럼을 5년간 연재했다. 지은 책으로는 『소심한 김대리 직딩일기』가 있고, 공저로 『나는 천천히 울기 시작했다』가 있다. 평생이 2스트라이크 3볼의 풀 카운트 상태다.

삶 속에 주어진 무수한 갈림길에서

강영은

노란 숲속에 길이 두 갈래로 났었습니다.
나는 두 길을 다 가지 못하는 것을 안타깝게 생각하면서,
오랫동안 서서 한 길이 굽어 꺾여 내려간 데까지,
바라다볼 수 있는 데까지 멀리 바라다보았습니다.

그리고, 똑같이 아름다운 다른 길을 택했습니다.
그 길에는 풀이 더 있고 사람이 걸은 자취가 적어,
아마 더 걸어야 될 길이라고 나는 생각했었던 게지요.
그 길을 걸으므로, 그 길도 거의 같아질 것이지만.

그날 아침 두 길에는
낙엽을 밟은 자취는 없었습니다.
아, 나는 다음날을 위하여 한 길은 남겨 두었습니다.
길은 길에 연하여 끝없으므로
내가 다시 돌아올 것을 의심하면서……

훗날에 훗날에 나는 어디선가
한숨을 쉬며 이야기할 것입니다.
숲속에 두 갈래 길이 있었다고,
나는 사람이 적게 간 길을 택하였다고,
그리고 그것 때문에 모든 것이 달라졌다고.

제가 좋아하는 로버트 프로스트의 「가지 않은 길」이라는 시입니다. 이 시는 나이가 들면 들수록 새록새록 마음에 와 닿네요. 누구나 살다 보면 자주 갈림길을 만나게 됩니다. 이 길을 갈 것인가 저 길로 갈 것인가? 갈림길 앞에서 어디로 갈지 망설이고 있을 때, 한 길을 선택하게 하는 이유는 참 다양합니다. 한쪽 길가에 피어 있는 예쁜 꽃이 마음을 흔들어 그 길에 접어들기도 하고, 유난히 햇살이 환하게 비치는 길이 마음을 당길 수도 있습니다. 또 어떤 한 길을 간 사람에 대한 풍문이 그 뒤를 따르게 하기도 하고, 평탄해 보이는 길로 접어들려는 순간 맹수의 울음소리에 겁먹고 어쩔 수 없이 굴곡 많은 길을 가게 되기도 할 겁니다. 어떤 이유든 결국 누구나 한 길을 선택하고 가지 않은 길에 대한 아쉬움을 마음 한구석에 담은 채 접어든 길을 가게 됩니다.

삶 속에 주어진 무수한 갈림길. 그 갈래마다 우리가 하는 선택은 어쩌면 운명이라고 말할 수 있을지도 모르겠습니다. 그 순간의 선택이 우리의 인생을 바꾸어 버리기도 하니까요. 사실 선택이란 개인의 의지가 들어가 있는 행동입니다. 그러나 때로는 우리의 의지를 뛰어넘는 어떤 힘이 작용함을 경험하게 되지요. 이때의 선택은 나의 바람이나 의지와는 상관없이 나의 인생길을 다른 방향으로 향하게 합니다.

제가 아나운서라는 길을 가게 된 것도 생각해 보면 맞닥뜨린 우연 덕분이었던 것 같습니다. 여름방학이 끝나고 나자 대학 졸업을 앞둔 제 친구들은 여기저기 입사 원서를 쓰고 이력서를 내기 시작했습니다. 저는 대학원에 진학해 공부를 하기 원했기 때문에 그런 친구들의 모습이 남의 이야기일 뿐이었지요. 그런데 하루는 제 단짝 친구가 방송사 원서를 사러 간다는 겁니다. 그날 특별히 할 일도 없었던 저는 친구를 따라나섰지요. 함께 버스를 타고 가면서 친구가 제게 말했어요.

"너도 같이 원서 쓰자. 경험 삼아 그냥 해 보는 거지."

순간 제 마음속에 '그래, 뭐 어려운 것도 아니고 경험 삼아 해 봐도 나쁠 건 없겠네. 한번 원서 내 볼까?' 하는 생각이 들더군요. 결국 친구와 헤어져 집으로 돌아가는 제 손에는 MBC 입사 지원서가 들려 있었습니다.

집으로 돌아와 지원서를 펼쳐 보니 방송사의 직종이 참 여러 가지라는 사실이 저를 난감하게 했습니다. 지원할 직종을 선택해야 하는데 무엇을 찍어야 할지 모르겠더군요. 방송 일을 하겠다는 생각을 한 번도 해 보지 않았고, 학창 시절 방송반 활동을 해 본 적도 없던 저는 입사 지원 직종에서부터 고민에 빠졌던 것입니다. 친구에게 전화를 걸었지요.

"무슨 직종을 쓰지?"

친구는 말했습니다.

"너 책 잘 읽잖아. 기억 안 나? 교양 국어 교수님 하신 말씀? 아나운서 지원해."

그 순간 잠시 잊고 있었던 대학 1학년 때의 교양 국어 시간이 떠올랐습니다. 교수님은 매번 수업 시간에 들어오시면 그날 공부할 지문을 차례차례 학생들에게 읽히셨습니다. 드디어 제 순서가 된 날, 저는 별생각 없이 글을 읽어 내려가기 시작했지요. 어쩌면 그날이 제 운명을 결정지은 날이었는지도 모르겠습니다. 지문을 읽어 가면서 저는 그간 친구들이 책을 읽던 때와는 다른 분위기가 대형 강의실에 퍼지는 것을 느낄 수 있었습니다. 그것은 강의실에 있는 모든 사람들이 숨죽이고 제 소리에 귀 기울인다는 느낌, 저와 함께 호흡하는 것 같은 강한 집중에 대한 느낌이었습니다. 교수님은 다른 학생에게 차례를 넘기지 않으시고 저로 하여금 끝까지 읽게 하셨지요. 모든 지문을 다 읽고 나자 교수님이 학생들을 향해 말씀하셨습니다.

"여러분 어떻습니까? 내용이 귀에 쏙쏙 들어오지요? 책 읽기는 바로 이렇게 해야 하는 겁니다. 정확한 발음과 적절한 띄어 읽기에 글씨를 하나하나 읽는 것이 아니라 내용을 전달한다는 느낌으로 읽어야 합니다."

이렇게 저는 MBC에 아나운서로 지원했습니다. 지금도 그렇지만 20년 전에도 아나운서가 되는 과정은 길고도 어려웠습니다. 1차 카메라 테스트, 필기시험, 2차 카메라 테스트, 논술, 임원 면접의 과정을 한 달이 넘는 기간 동안 치러야 했습니다. 그리고 장난삼아 시작한 일은 시간이 지날수록 간절한 소망으로 변화해 갔습니다. 매 시험마다 합격자 명단에 '강영은'이란 제 이름 세 글자를 확인하면서 아나운서가 되는 것이 제가 꼭 이루어야 할 일처럼 느껴지기 시작했던 거지요. 드디어 최종 합격자 명단에서 제 이름을 확인한 그 순간, 저는 아나운서가 제 삶의 목표였던 것처럼 기뻤습니다.

지금 생각해 보면 정말 신기합니다. 몇 년씩 아나운서가 되겠다며 준비했던 친구들도 떨어지는 시험에서 어떻게 제가 합격할 수 있었을까요? 만약 제 친구가 방송사 시험을 보겠다는 말을 제게 하지 않았다면, 원서 사러 가는 친구를 따라가지 않았다면, 친구가 교양 국어 시간을 기억하지 않았다면, 저의 삶은 많이 달라져 있을까요? 요즈음 저는 아나운서 준비생을 위한 강의를 할 때가 있습니다. 주로 강의 내용은 아나운서에게 필요한 자질이 무엇인지, 아나운서가 되기 위해 무엇을 공부하고 준비해야 하는 건지, 아나운서는 어떤 일을 하고 생활은 어떤지 등에 관한 것입니다. 언제나 강의가 끝난 후 받는 질문 중에 하나는 선생님은 어떻게 준비하셨나 하는 겁니다. 그때마다 저는 친구 따라 강남 갔다 아나운서가 되었다며 우스갯소리를 하곤 합니다만, 생각해 보면 우연이 필연이 되기도 하는 것이 우리 인생이라는 사실이 참 재미있지 않습니까?

처음 아나운서가 되어서는 준비하지 않고 아나운서가 된 저 자신에 대해 고민이 많았습니다. 스무 살이 넘도록 아무 문제없이 생각했던 내 모습, 내 목소리, 내 말투, 표현 하나하나가 잘못이라는 선배들의 질책은 하루에도 몇 번씩 저에게 좌절감을 안겨 주었고 눈물 흘리게 하는 날도 많았지요. 그때엔 정말 매일같이 퇴근길에 동기들끼리 술잔을 기울이며 스스로의 선택에 대해 고민했던 것 같습니다.

'내가 과연 이 일을 할 수 있을까? 차라리 대학원에 진학해 공부를 하는 게 낫지 않았을까? 더 늦기 전에 이 길을 돌아 나가야 하지 않을까?'

결국 동기들 중 몇몇은 다른 길을 택하기도 했습니다만, 저는 포기하지 않았습니다. 끝까지 가 보기로 했고, 잘하기보다는 열심히 해 보자고 다짐했습니다. 그리고 아직 저는 그 길의 끝에 다다르지 않았다고 생각합니다. 언젠가 길은 끝나겠지요. 그 끝에 서서 저는 무엇이라 말할 수 있을까요? 프로스트가 노래한 것처럼 먼 훗날 한숨 쉬며 내 삶이 달라졌다고 탄식할지도 모릅니다. 하지만 그 탄식은 단지 아쉬움일 뿐 후회는 아닐 거라 확신합니다.

오래전 만난 갈림길에서 운명처럼 접어든 길. 그 길을 가면서 때로는 장애물을 만나 돌아가기도 하고, 때로는 너무 지쳐 쉬기도 했고, 어느 때엔 잘 닦여 있는 길을 신나게 달려가기도 했습니다. 그리고 세월과 더불어 어깨 위에 지워진 짐이 하나 둘 늘어 힘겨움을 느끼기도 합니다만, 20여 년 전 그때로 다시 돌아간다 하더라도 저는 또 아나운서의 길에 접어들리라 믿습니다. '아나운서 강영은'이 제게 가장 잘 어울리는 이름이기에……

강영은

MBC 아나운서로 1985년에 입사해 TV MC, 라디오 DJ, 스포츠 캐스터 등 다양한 장르의 방송을 진행했다. 현재는 MBC 문화사업제작센터 부국장으로 공연, 행사 등을 기획하고 있다. 방송뿐 아니라 현장 경험을 바탕으로 학생들의 커뮤니케이션 능력 향상을 위한 강의도 하고 있다.

매일매일 꿈을 살아 내는 사람

복태

모범생이어야 한다고 생각했다. 동시에 착한 딸이고도 싶었다. 그래서 내가 할 수 있는 최선의 노력을 다해 공부를 했고, 엄마의 소원대로 성당에 열심히 다녔고, 집안일을 도왔다. 형편이 여유치 않아 학원은 다닐 수 없었다. 그러니 남들보다 수업 시간에 더욱 열심히 귀를 기울여야 했고, 시험 기간이면 밤을 새워 공부를 했다. 그렇게 나는 우수한 성적으로 초중고 시절을 공부로 가득 채웠다. 공부를 열심히 해야 한다는 생각밖에 없었다. 당장 내 앞에 닥친 오늘을 살아 내느라 꿈을 꿀 시간이 없었다. 나는 내가 뭐가 되고 싶은지, 뭐가 될 것 같은지 생각하지 못했다.

수능에서 원하는 성적을 얻지 못한 나는 어쩔 수 없이 수시로 합격한 학교에 들어갔다. 원하지 않는 곳에 들어가고 나서야 내가 무엇을 원하는지 알게 되었다. 한 학기만에 자퇴를 했다. 나는 방송국 PD가 되고 싶었다. 낮에는 아르바이트를 했고, 밤에는 다큐멘터리를 보며 공부를 했다. 그렇게 목표는 있지만 어디로 가야 할지 모르던 시절, 아는 언니로부터 '한국예술종합학교'에 대한 이야기를 듣게 되었다. 인문학적 소양을 기르면서도 예술을 깊이 있게 공부할 수 있는 곳이 있다고. 언니는 나에게 연극원 연극학과 원서를 사다 주었고, 나는 망설임 없이 원서를 냈다. 연극의 '연' 자도 모르던 나였지만 이상한 끌림이 있었고, 약간의 확신도 있었다. 그렇게 나는 연극원 연극학과에 얼떨결에 합격했다.

　학교생활은 재밌었다. 독특하고 자기애 넘치고 이상하고 별나고 다양한 사람들은 다 모여 있는 것 같았다. 갖가지 예술적인 재능들로 넘쳐 나는 사람들을 보며 당시 예술성이라고는 전혀 없었던 나는 모든 것이 신기했다. 확실한 자신의 꿈이 있다는 게, 뜨거운 열정을 불어넣을 것이 있다는 게, 자신이 하고 싶어 하는 일에 자신을 불태울 준비가 되어 있다는 게 생소하고 신기했다. 나도 그들처럼 뜨거운 가슴을 갖고 싶었다. 그곳이 불구덩이일지언정 망설임 없이 뛰어들 열정과 용기가 있었으면 했다. 흉내라도 내 보기로 했다. 모른다면 알아가면 되는 것이고, 궁금하면 해 보면 되는 거였다. 나는 신비로운 불모지에 뛰어들어 보기로 했다. 관심 있는 수업들은 다 신청해 들었고, 이리 뛰고 저리 뛰어 다니며 학교생활을 했다. 밤새 과제를 했고, 연극 연습을 했다. 써도 써도 넘쳐 나는 젊음이 있는 사람처럼 하루하루를 불태웠다. 연극원 수업뿐만 아니라 영상원, 무용원, 전통예술원 수업까지 영역을 확장시켜 나갔다.

그렇게 열심히 학교생활을 했건만 졸업할 때가 다가오자 나는 백지상태가 되어 버렸다. 방송국 PD의 꿈은 사라진지 오래였고, 4년 동안 공부한 연극은 하고 싶지 않아졌으며 확신도 없었다. 그렇다고 내가 뭘 할 수 있을지 뭘 잘하는지도 도무지 알 수 없었다. 또다시 헤매기 시작했다. 그러던 중 음악을 만났다. 집에 기타가 있었고, 끄적여 놓은 글들이 있었다. 노래를 만들기 시작했다. 내 느낌대로 노래를 만들었다. 이것이 맞는 방법인지, 이게 과연 음악인지 같은 건 생각하지 않고 내가 하고 싶은 이야기들을 멜로디에 담았다. 짧은 노래들이 쌓이기 시작했다. 나의 기타 실력은 형편없었지만 노래는 만들 수 있었다. 신기하게도 하고 싶은 이야기들이 계속해서 나왔고, 노래들도 계속해서 만들어졌다. 노래라는 언어로 세상과 소통하고 싶다는 생각이 들었다. 그렇게 나의 음악 생활이 시작되었다. 의도한 바 없이 한 발 한 발 앞으로 나아가기만 했던 삶이었다. 그 우연한 걸음 위에 음악이 놓여 있었다.

내가 만든 노래들은 헤매고 흔들렸던 시간 속의 나를 위로해 주고 잡아 주었다. 음악이 주는 위로의 힘은 굉장히 컸다. 나는 그 순간 '누군가에게 위로와 쉼이 되는' 힘을 가진 예술을 하고 싶다는 생각을 했다. 그러려면 나의 음악이 조금 더 정교해져야 했다. 함께할 기타리스트를 찾기로 했다. 그 과정에서 지금의 파트너 '한군'을 만나게 되었다. 때는 2010년이었다. 친구의 생일잔치에 공연을 하러 갔다가 한군을 만난 것이다. 그의 연주와 노래를 듣는 순간 '바로 이 사람이다!' 느낌이 왔다. 나는 그에게 다가가 함께 음악을 하자며 손을 내밀었고, 한군은 다음 날 그 손을 잡아 주었다. 내 예상은 정확히 들어맞았다. 한군의 기타 연주는 따뜻하고 부드러웠고, 내 마음속 말에 길을 내 주었다.

밤하늘에 반짝이는 별처럼 소곤소곤 연주해 줘요.

마음이 찰랑거리는 느낌으로 연주해 줘요.
슬프지만 슬픔이 진하게 드러나지는 않게 연주해 줘요.

덕분에 나의 음악은 더욱 풍부해졌고 따뜻해졌다. 갈 길을 잃었던 나는 길을 찾았고, 그 길을 한군과 함께 걷기로 했다. 우리는 함께 음악하는 사이에서 부부로 그리고 함께 아이를 키우는 부모로 성장했다. 우리는 함께 노래했고, 삶을 살았고, 아이들을 키워 냈다. 그 길이 순탄치만은 않았지만 즐거움이 더 컸다. 부유하지 않았지만 충분했다. 한순간에 부모가 되었다고 꿈을 포기하고 싶지는 않았다. 꿈을 포기하는 어른이 아니라 꿈을 살아 내는 어른의 모습을 아이들에게 보여주고 싶었다. 허덕이고, 불안하고, 불안정했지만 꿈을 살아 냈다. 우리가 가진 힘은 현재를 열심히 살아 내는 것, 주어진 일 하나에 최선을 다하는 것, 오늘의 공연을 마지막인 것처럼 온 힘을 다해 해내는 것뿐이었다.
　　그렇게 하루하루가 쌓여 갔다. 한동안 공연이 들어오지 않아 힘든 시기도 있었지만 우리는 좌절하는 대신 우리가 할 수 있는 다른 꿈들을 찾았다. 그렇게 찾은 것이 '바느질'이었다. 공연이 없는 어느 겨울, 우연히 가게 된 태국 치앙마이 여행에서 우리는 소수 민족들이 만든 아이 옷을 사게 되었고, 지금의 바느질 선생님을 만나게 되었다. 무언가에 이끌리듯 나는 그에게 바느질을 알려 달라 했고, 그때를 시작으로 나는 지금까지 바느질을 멈추지 않고 있다. 바느질을 통해 인생의 제2막이 펼쳐진 것이다.

바느질이 내 삶에 이리도 깊게 들어올 줄, 그때의 나는 알지 못했다. 타국에서 배워 온 바느질은 우리 인생에 새로운 길을 열어 주었다. 주변에서 알음알음 요청해 온 워크숍이 지금은 한 달에 열다섯 번은 족히 넘게 열리고 있다. 많은 사람들이 치앙마이식 바느질을 배우기 위해 우리를 찾는다. 우리는 '죽음의 바느질 클럽'이라는 이름을 만들었고, 이 이름으로 바느질의 기술은 물론 바느질의 이로움을 널리 알리고 있다. 함께 모여 바느질을 하며 얻는 즐거움와 평온함 그리고 자급자족적인 삶을 향한 꿈을 함께 나누고 있다.

음악을 하던 내가 바느질을 하게 될 줄은 꿈에도 몰랐던 일이다. 바느질이 우리의 생계를 책임지게 될 줄은 더더욱 몰랐다. 하지만 확실한 것 한 가지는 바느질 역시 우리가 너무 사랑하고 좋아하는 일이라는 것이다. 내가 좋아하는 일을 업으로 삼을 수 있다는 것은 얼마나 행복한 일인가. 하루하루가 충만하고 즐거운 인생을 산다는 것은 얼마나 축복받은 일인가. 음악으로 사람들과 소통하며 마음을 나누고, 바느질로 즐거움을 함께 엮으며 무해한 삶을 살아가는 것이 감사한 지금, 나는 말하고 싶다. 어차피 인생 한 번뿐인 거 살고 싶은 인생을 살자고, 이래도 불안하고 저래도 불안한 거 이왕이면 하고 싶은 일하며 불안하자고, 이래도 후회되고 저래도 후회된다면 꿈꾸며 살자고 말이다.

이루지 못한 꿈은 아쉬움과 원망이 된다. 하지만 모든 선택의 책임은 나에게 있다. 지금의 나는 소중하고, 쉼 없이 흘러가고 있는 유한한 시간은 다시 돌아오지 않는다. 그러니 하루라도 빨리 내가 원하고 꿈꾸던 삶을 살아야 하지 않을까? 나는 하루라도 빨리 자신의 꿈을 알아차려 그 꿈을 향해 살아가는 것이 성공한 인생이라고 믿는 사람이다. 그렇게 모두가 성공한 삶을 살았으면 한다. 그것이 성공이라고 믿는 사람들이 많아졌으면 좋겠다.

복태

'선과영'이라는 이름으로 음악을 하고, '죽음의 바느질 클럽'이라는 이름으로 바느질 작업을 하고 있다. 동시에 글을 쓰는 사람이기도 하다. 음악과 바느질 그리고 인생의 동반자인 한군과 이 모든 걸 함께 꾸려 나가고 있다. 그리고 그 무엇보다 귀한 세 아이와 함께 살아가고 있다. 좋아하는 일들로 삶을 채우고, 하루하루 더 나은 사람이 되려고 노력하고 있다. 동시에 세상에 이롭고 무해한 사람이고 싶다.

가수가 꿈이었나요?

이은미

음악이 좋았다. 엄마의 등에 업히면 들려오는 심장 박동이 어린 마음을 평온하게 했고, 언니의 낡은 전축에서 흘러나온 낯선 멜로디가 나를 설레게 했다.

"어렸을 때부터 가수를 꿈꾸셨나요?"

인터뷰를 하다 보면 가끔 이런 질문을 받는다. 하지만 글쎄다. 가수가 꿈이었던 때가 있었던가 싶다. 기억도 나지 않는 삶의 첫 순간부터, 음악은 내 생활이었고, 음악 하나로 나는 충분히 행복했다.

나이 차가 많이 나는 언니와 오빠를 둔 덕분에 나는 아주 어릴 때부터 팝송을 접했다. 노랫말은 알아듣지 못했지만, 멜로디가 어쩌나 곱던지 책을 볼 때도 인형 놀이를 할 때도 나는 늘 노래를 흥얼거렸다. 그 무렵의 가요는 요즘 식으로 부르자면 '성인 가요'라 할 수 있는 것들이 대부분이었고, 지금처럼 인기가 많지도 않았다. 우리 집에서도 늘 팝송이 흘러나왔고, 어린 나이에도 웬만한 곡은 따라 불렀던 기억이 난다.

초등학교 시절, 나는 중학생이 되기만을 손꼽아 기다렸다. 그래야 영어를 배울 것이고, 영어를 배워야 그 고운 멜로디에 실린 노랫말의 의미를 알게 될 테니 말이다. 중학생이 되면서 더 이상 언니, 오빠의 어깨너머로 듣는 것에 멈추지 않고 스스로 음악을 찾아 들었다. 황인용 씨가 진행하던 '영 팝스'를 놓치지 않기 위해 라디오 앞을 사수했고, 용돈을 모아 음반을 사기 시작했다.

학창 시절 나의 꿈은 특수 학교 교사가 되는 것이었다. 청소년 봉사 단체에서 활동하면서 나는 세상엔 버려진 아이들이 너무 많다는 것을 알게 됐다. 넉넉하지 않은 살림에도 화목했던 우리 가족의 모습을 떠올리면 보육원의 아이들이 측은하고 안타까웠다. 늘 아이들에게 뭐라도 나눠 주고 싶었다. 청소를 돕고 공부를 가르쳐 주는 것 외에도 마음이 담긴 뭔가를 선물하고 싶었다. 친구들은 1년에 두세 번 정도 아이들에게 노트나 연필, 과자 등을 선물하곤 했지만 나는 그럴 형편이 못 됐다.

어느 날, 궁리 끝에 입고 있던 스웨터를 풀어 목도리와 모자를 짜기 시작했다. 몇 날 며칠이 걸려 마침내 목도리와 모자를 다 만들어 예쁘게 포장한 다음 두근거리는 마음으로 아이들을 찾아갔다. 하지만 이내 선물을 서로 갖겠다며 싸우는 아이들을 보며 내 생각이 얼마나 짧았는지 깨달았다. 내 스웨터가 모든 아이들을 감쌀 정도로 크고 넉넉했다면 얼마나 좋았을까. 어설픈 성의가 아이들의 가슴에 상처 하나를 더한 것 같아 내내 마음 한구석이 아렸다.

나는 뜻이 맞는 친구들과 함께 보육원 봉사에 이어 영아원 봉사까지 하기 시작했다. 그곳에서 버려진 아기들, 몸이 불편한 장애아들을 만났다. 도저히 이해할 수 없는 현실에 분노했지만 내가 할 수 있는 일은 기껏해야 한 달에 한두 번 그들을 찾아 작은 손길을 나누는 것밖에 없었다.

'내가 이 아이들을 위해 할 수 있는 일이 없을까?'

오랜 생각 끝에 특수교육학과로 진학해 특수 학교 교사가 되기로 결심했다. 체계적이고 전문적인 지식을 갖추어 아이들을 가르치고 돌보고 싶었던 것이다. 고등학교 때였지만, 행여

나 값싼 동정 혹은 나의 자존감을 높이기 위해 아이들을 돌보려 하는 것은 아닌지 내 마음을 구석구석 들여다보고 자문했던 기억이 있다.

안타깝게도 몸이 이런 꿈을 따라가질 못했다. 멀쩡한 날보다 아픈 날이 더 많았고, 넘어져 다친 곳이 악성 관절염으로 악화돼 학교에 결석하는 일이 잦았다. 결국 대학 입시에 실패한 나는 일을 하며 재수 학원에 다녀야 했다. 설상가상, 아르바이트를 하다가 허리를 크게 다치면서 일도, 공부도 할 수 없게 되고, 꿈은 자꾸 멀어졌다. 넉넉지 못한 집안 형편에 삼수는 사치였다. 병치레와 좌절로 점철된 스무 살의 고비를 힘겹게 넘기던 나는 점점 자신감을 잃어 갔다.

늘 고개를 숙이고 다니던 내가 다시 일어설 수 있었던 것은 음악 덕분이었다. 천만다행으로 음악을 시작하면서 몸과 마음이 놀랍도록 빠르게 회복됐고, 나는 주위 사람들이 "신병을 앓았던 것 아니냐."라며 농담 아닌 농담을 할 정도로 변했다.

특수 학교 교사를 꿈꾸던 내가 어떻게 가수가 되고 소리를 만드는 음악인이 되었을까? 이는 행운이자 운명이었다고 말할 수밖에 없다. 스무 살 무렵, 함께 봉사 활동을 다녔던 친구들 중 음악을 좋아하는 이들이 몇 명 있었다. 나는 그들과 어

57

울리며 음악 이야기를 나누곤 했지만, 그들처럼 음악 활동을 하지는 않았다. 특수 학교 교사라는 분명한 꿈이 있기도 했지만 내가 감히 음악을 할 수 있으리라고는 상상도 하지 못했기 때문이다.

아르바이트가 없는 날이면 종종 친구들의 공연을 보러 갔다. 사실 공연이라기보다는 학생들의 아마추어 활동에 가까운, 그냥 발표회라고 하는 것이 정확한 표현일 것이다. 그곳에서 나는 새로운 세상을 만났다. 단순히 통기타 정도만 다룰 것이라 짐작했는데, 밴드까지 결성해 제법 그럴듯한 음악을 연주하는 것이 아닌가. 내 친구들이 무대에 서서 관객의 마음을 움직이는 음악을 만들어 내는 모습이 신기하고 놀라웠다.

그런 재미난 경험은 처음이기에 나는 다양한 공연 무대를 찾아가기 시작했고, 이윽고 음악에 푹 빠져들었다. 음악은 잔뜩 웅크리고 있던 나의 마음속 상처를 치유해 줬다. 공연장에만 가면 육체의 고통도, 마음의 짐도 잊은 채 환하게 웃으며 음악에 잔뜩 취할 수 있었다.

음악의 재미에 빠진 나는 친구들과 신촌의 라이브 카페에도 가끔 들르곤 했는데, 그곳에서 노래도 따라 부르고 늦은 밤까지 시간을 보내는 날이 점차 많아졌다. 그러던 어느 날

기타를 치는 한 선배가 내 목소리가 매력적이라며 관심을 보였다. 흥얼거리며 노래를 따라 부르던 내 목소리가 괜찮았는지 그는 나에게 노래를 해 보라는 말을 했다. 그는 진지한 눈빛으로 내가 좋은 보컬리스트가 될 것 같다고 했지만, 내게는 얼토당토않은 소리였다. 나처럼 평범하고 병약한, 게다가 제대로 노래를 불러 본 적도 없는 사람에게 무대에 올라 보라는 얘기는 황당하게만 여겨졌다. 하지만 선배는 나와 만날 때마다 계속 무대에 서 보라며 종용하거나 너에겐 재능이 있으니 자기 말을 한번 믿어 보라며 나를 귀찮게 했다.

결국 나는 얼마간 고민하다 반신반의하며 어떻게 하면 보컬리스트가 될 수 있는지 물어보았다. 선배는 기다렸다는 듯 내게 음반 한 장을 들어 보라며 내밀었다. 조지 벤슨의 라이브 실황이 담긴 그 음반에는 「The Greatest Love Of All」이라는 멋진 노래가 담겨 있었는데, 선배는 그 곡을 일주일 동안 연습한 다음 내 가능성을 함께 확인해 보자는 제안을 했다. 집으로 돌아와 음반을 물끄러미 바라보며 나는 혼자 중얼거렸다.

"정말 내가 보컬리스트가 될 수 있을까? 그게 과연 가능할까?"

그날 이후 나는 혼자 연습에 돌입했다. 노래를 가르쳐 주는 곳이 많지 않았던 시절이라 음반이 유일한 선생님이었다. 나는 조지 벤슨을 선생님이라 생각하고 그의 발음, 심지어 호흡 하나조차 놓치지 않으려 노력했다. 처음에는 그를 흉내 내며 불렀고, 그것이 익숙해진 다음에는 내 목소리로 노래를 표현하는 훈련을 했다. 마땅히 노래할 수 있는 곳이 없어서, 방에서 이불을 뒤집어쓴 채 한쪽 귀에만 헤드폰을 대고 조지 벤슨의 소리와 내 소리를 비교해 가며 연습을 했다. 노래만 하면 시간이 가는 것도, 힘든 것도 몰랐다. 일단 시작하면 온몸이 땀으로 흥건히 젖도록 노래를 불렀다. 참 이상한 일이었다. 살면서 그토록 뭔가에 몰두하고 빠져든 것은 난생처음이었다.

그렇게 일주일을 보낸 뒤, 나는 신촌의 한 라이브 카페에서 노래를 불렀다. 내 나이 스물하나, 우연처럼 운명처럼 그렇게 첫 무대에 섰다. 노래를 시작하자 관객들이 하나둘 대화를 멈추고 무대에 집중하기 시작했다. 사람들의 눈과 귀가 모두 나를 향하고 있었다. 숨죽인 채 노랫소리에 집중하던 사람들은 내가 노래를 마치자 약속이라도 한 듯 자리에서 일어나 박수를 보냈다. 벌써 20년도 훌쩍 넘은 이야기지만, 나는 그날 코끝에 감돌던 매캐한 흥분의 냄새를 잊지 못한다.

우연의 조각들이 모여 운명을 만든다고 한다. 우연히 시작한 음악이 나를 여기까지 오게 한 것을 보면 한 편의 기묘한 이야기가 따로 없다. 무수한 우연과 행운에 나는 늘 감사한다. 나는 정말 운이 좋은 사람이다.

이은미

1988년 스물세 살에 데뷔 후, 30여 년 동안 1000회에 이르는 공연을 했다. 「기억 속으로」 「어떤 그리움」 「애인 있어요」 「헤어지는 중입니다」 등 시간을 뛰어넘어 오래도록 사랑받는 노래들을 불렀다. 그녀는 노래란 '살아가며 느끼고 생각하고 겪은 그 모든 것을 나 또한 그렇다며 가슴 깊은 곳에서 나누는 것'이라 생각한다. 지은 책으로 『이은미, 맨발의 디바』가 있다.

무지개가 뜨기 전엔 비가 온다

윤미경

빨주노초파남보, 무지갯빛. 정말이지 치열한 색 조합이다.
빨강은 사과나 토마토 위에서 농염할 때 예쁘고, 노랑은 삐
악삐악 병아리로 돌아다니거나 파랑은 바다 위에서 출렁거려
야 제대로 매력을 발산하는 것 아닌가. 그렇게 자기주장이 강
한 아이들을 한곳에 조로록 줄 세워 붙여 놓았으니 존재감을
과시하려는 색들의 아귀다툼이 얼마나 요란할까 싶다.

무지개를 싫어하는 사람은 없을 것이다. 비가 온 후 하늘에
걸린 무지개를 보면 누구나 환호성을 지른다. 행운과 약속의
상징, 무지개. 나는 무지개의 모든 색을 사랑한다. '무지개작
가'라는 닉네임이 붙을 만큼 무지개에 열광한다. 강연할 때면

무지개색 셔츠와 모자, 가방, 양말을 신고 무지갯빛 꿈 전도사가 된다.

색에 대한 탐닉은 어쩌면 유년 시절을 휘감던 칙칙한 색에 대한 반감에서 비롯됐는지도 모르겠다. 어린 시절 엄마는 우리 사 남매의 옷을 직접 만들어 입혔다. 엄마는 싸고 질기면서 때가 안 타는 색의 천으로 옷을 만들었다. 겨울엔 아빠의 오래된 스웨터를 풀어 우리들 스웨터를 짜 주곤 하셨다. 지금에야 그 수고로움에 감사하지만 어린 마음엔 어둡고 칙칙한 색과 촌스러운 디자인이 너무도 싫었다.

직접 옷을 골라 사 입게 되자 나는 색깔에 대한 과도한 사랑으로 패션 테러리스트라고 불리기까지 했다. 빨간 셔츠에 초록 치마, 노란 후드티에 보라색 바지. 관종 기질이 다분히 한몫했던 것 같지만 아무튼, 나는 지금도 원색의 그 강렬함을 사랑한다.

일에 대한 열정은 색에 대한 탐닉을 닮은 것 같다. 눈가리개를 한 말처럼 나는 어떤 목표가 생기면 주위를 보지 못한다. 오로지 목표에 빨리 닿는 방법을 연구하며 치열하게 달려간다. 덕분에 꿈꾸었던 많은 일을 이루어 냈다.

물론 목표를 제대로 찾지 못해 머뭇거리던 시간도 있었다.

내 최초의 꿈은 화가였지만 처음 갖게 된 직업은 안경사였다. 안경광학과를 졸업해 실제로 안경사 생활을 6년이나 했다. 간절히 미술 대학에 가고 싶었으나 어려운 가정 형편으로 화실은커녕 미술 학원조차 한 번도 다녀 보지 못했다.

안경사가 된 후 6년 내내 안경원 통유리 밖의 세상을 동경했다. 벚꽃이 화사하던 봄날이었던가. 문득 내가 진짜 하고 싶은 일을 해야겠다는 뜨거움이 꽃망울을 터뜨렸다. 그 무렵의 꿈은 만화가였다. 안경사를 그만둔 나는 적금 통장을 깨서 무작정 서울로 올라갔다. 친구와 신촌에 방을 얻어 놓고 남대문에서 아르바이트를 하며 만화 학원에 다녔다. 학원 내 모두의 기대를 한 몸에 받았지만 염원하던 공모전에 아깝게 실패한 후, 결혼하고 아이를 낳고 기르느라 시간이 훌쩍 지나갔다.

아이가 자라 어린이집에 다니게 될 무렵, 잊고 있었던 꿈들이 꿈틀댔다. 문화 센터에 다니며 그림을 그리기 시작했고 동시에 자격증을 취득했다. 아동미술지도사, 미술치료사, 미술심리상담사, 종이접기, POP, 클레이아트, 북아트, 샌드아트 등 닥치는 대로 자격증을 따서 초등학교 방과 후 미술 선생님이 될 수 있었다.

하지만 갈증은 해소되지 않았다. 다시 정식 화가에 도전했다. 나는 풍경이나 정물보다는 인물 그리기를 좋아했다. 사람의 얼굴에 담겨 있는 인생, 가치관, 성격을 들여다보는 게 좋았다. 하지만 인물화가가 되는 건 결코 쉬운 일이 아니었다. 누군가가 나에게 한마디 던졌다.

"어떤 일이든 한결같은 마음으로 100번 정성을 쏟는다면 이루지 못할 일이 없을 거야."

그날부터 딸아이 얼굴을 100일 동안 매일 두 시간씩 그렸다. 그리고 마침내 광주광역시미술대전 서양화가로 등단할 수 있었다.

인생 내비게이션 방향을 수정하게 만든 건 한 권의 동화책이었다. 동화 속 아기자기한 그림. 동화에 그림을 그리는 일러스트레이터가 되고 싶어졌다. 광주에 있는 동화연구소에 찾아갔다. 거기서 내 인생의 스승님, 이성자 선생님을 만났다.

"동화를 만들려면 동화가 뭔지 알아야 하지 않겠나. 한번 써 보시게."

선생님의 권유로 난생처음 동화라는 걸 써 보게 됐다.

놀랍게도 나에게 문학 밭이 있었다. 꽤 비옥한 밭이었나 보다. 첫 번째 작품이 황금펜 아동문학상을 받으며 등단한 것이다. 그때까지만 해도 나에게 문학은 일러스트라는 새로운 영역에 들어가기 위한 수단일 뿐이었다.

그런 나를 작가로 눌러앉힌 분이 바로 이성자 선생님이었다. 아직 한쪽 발을 다른 쪽에 딛고 있다는 걸 눈치채신 걸까. 등단 이후 이성자 선생님은 나에게 몹시 모질게 대하셨다. 일주일에 단편 한 편씩을 써 오라는 엄명을 내리시고는 힘들게 써 간 원고를 여러 사람 앞에서 혹평하기 일쑤였다.

"이렇게 재미없는 글을 써 와서 이렇게 많은 사람을 힘들게 하는가!"

한마디 한마디가 심장에 날아와 꽂혔다. 얼마나 스트레스를 받았는지 합평 시간만 되면 목덜미가 뻣뻣해지고 오른팔이 마비되는 증상까지 나타났다.

오기라고 해야 할 것이다. 이를 악물고 두 달 동안 여덟 편의 작품을 써냈다. 얼마 후 그 작품들은 신춘문예에 당선되고, 문학상을 받고, 출판사와 계약을 맺었다.

그제야 이성자 선생님은 나를 따뜻하게 안아 주셨다. 당시 주변 사람들은 이성자 선생님이 나를 훈련하는 중이라는 걸 모두 알고 있었다. 제자에게 그렇게 엄하게 하는 걸 처음 봤다고.

그 후 나는 전업 작가의 길로 들어섰다.

"내가 전업 작가가 된 첫해, 글 써서 번 돈이 얼마인 줄 아세요?"

지금도 가끔 사람들에게 묻지만 아무도 맞힌 사람이 없었다. 단돈 3만 원. 1년 동안 글 써서 3만 원을 벌었다. 불안과 초조를 달래며 글 작업에만 매달렸다. 다행히 이듬해부터 줄줄이 책이 출간되고 조금씩 이름이 알려지며 강연 요청도 들어오기 시작했다. 내 책에 직접 그림도 그리면서 일러스트레이터가 되고 싶었던 꿈도 함께 이루었다.

이성자 선생님은 거기서 그치지 않았다. 늦은 밤, 나에게 전화를 하셨다.

"자네는 글과 그림이 모두 되니 그림책을 해 보시게."

"네."

그날부터 그림책에 관한 연구를 시작했다. 마땅히 배울 만한 데가 없어서 무작정 그림책을 따라 그렸다. 그렇게 따라 그린 그림책이 현재까지 700여 권. 글과 그림을 모두 작업한 그림책이 세 권 출간됐고, 글만 쓴 작품까지 총 여덟 권의 그림책을 출간했다.

사람들은 내가 작가와 화가가 된 후로 이런 말을 하기도 했다.

"너는 소질이 있잖아. 부모한테 받은 축복이 너무 많아."

물론 어느 정도 맞는 말이지만, 나는 내가 받은 가장 큰 축복은 '성실함'과 '끈기'라고 생각한다.

나는 부지런하다. 초중고 9년 내내 개근상을 받았다. 30대부터 새벽 6시 수영을 거의 10년 넘게 다녔다. 지금도 새벽 5시 반이면 어김없이 눈을 뜬다.

누군가 인생 책을 꼽으라고 하면 주저 없이 『성공한 사람들의 7가지 습관』을 말한다. 20대의 나는 늘 바쁘게 움직이느라 시간 관리가 해결하기 힘든 숙제였다. 그 책 안에 답이 보였다. 마침 책에는 세미나에 대한 안내가 있었고 월급의 3분의 1에 해당하는 거금을 참가비로 내고 서울로 향했다. 참석자는 모두 정장을 입은 중년의 남자들뿐이어서 잔뜩 긴장했다. 갑자기 사회자가 마이크를 들고 말했다.

"윤미경 씨, 일어서 주시겠습니까?"

갑작스러운 호명에 엉거주춤 일어났다.

"여기 오신 분들은 모두 회사에서 지원을 받고 연수로 오신 분들입니다. 그런데 사비를 들여 혼자 광주에서 올라오셨어요. 이분의 미래가 몹시 궁금하네요."

우레와 같은 박수 소리가 쏟아졌다.

그때 처음으로 인생에 대한 분명한 목표가 세워진 것 같다. 누구에게든 존중받는 사람이 되고 싶다는.

　그 이후 지금까지 나는 매년 1월 1일에 1년 치 계획을 세운다. 매달 첫날에는 한 달 치 계획을 세우고 날마다 꼭 해야 할 일을 우선순위를 매겨 실행한다.

　2012년에 작가 등단한 후 10여 년이 흘렀다. 현재 출간된 책이 40여 권. 굵직한 문학상도 많이 받았다.

　나는 아직도 많은 색깔을 탐한다. 하고 싶은 일, 이루고 싶은 꿈이 아직 많다는 말이다. 무언가를 준비하는 시간은 고되고 힘들고 누추하다. 무지개가 떠 있는 찬란한 언덕으로 가는 길엔 그 어떤 지름길도 없다.

　하지만 나는 믿는다. '날마다' '꾸준히'의 기적을. 날마다 꾸준히 묵묵하게 걷고 또 걸어가면 반드시 무지개 언덕에 도착할 수 있다는 걸 말이다.

윤미경

동화와 동시를 쓰고 그림을 그립니다. 2012년 황금펜문학상에 동화 「고슴도치, 가시를 말다」가 당선되어 등단했습니다. 무등일보 신춘문예, 푸른문학상, 한국아동문학인협회 우수동화상을 수상했고, 2019년에는 「시간거북이의 어제안경」으로 MBC 창작동화대상을, 2024년에는 「사거리반점 을숙 씨」로 열린아동문학상을 수상했습니다. 지은 책으로 동화 『전국 2위 이제나』 『글자를 품은 그림』 『거울아바타 소환작전』 『우리 학교 마순경』 동시집 『빙하 바이러스』 『반짝반짝 별찌』 그림책 『그 오월의 딸기』 『커다랗고 작은』 청소년 소설 『얼룩말 무늬를 신은 아이』 등이 있습니다.

진짜 인생

황이슬

"아가씨, 어디 좋은 데 가?"

내가 거리를 걸으면 아주머니들은 무슨 행사가 있느냐고 묻곤 한다. 나는 한복을 일상복으로 입기 때문이다. 한복은 예복, 행사복이라는 인식 때문에 결혼식이나 공연을 마치고 온 예술인으로 오해받는다. 게다가 스물여덟의 아가씨가 입고 있으니 그리 볼 법도 하지만 한복은 나의 밥이자, 꿈이고, 제일 좋아하는 옷이다.

대학 신입생 시절, 친구 따라 만화 동아리에 가입했다. 당시 내가 가장 좋아하는 만화가 『궁』이었다. 이야기도 흥미진진했지만 무엇보다 주인공들의 예쁜 한복을 구경하는 재미가 컸다. 현대적으로 디자인한 한복을 보면서 나도 저런 옷을 입고 싶었다.

축제 날, 만화 동아리 전통대로 만화, 게임, 드라마 등에 나온 캐릭터의 의상을 똑같이 만들어 입고 흉내 내는 '코스튬플레이'에 참여했다. 한복을 떠올렸던 나는 지인에게 옷감을 얻어 한복을 완성했다. 모든 시선이 내게 쏟아지는 것 같아 조금 부끄러웠지만 그날만큼은 만화 속 주인공이 된 양 그 순간을 즐겼다.

축제가 끝나고 옷을 갈아입으려는데 불현듯 한복을 입고 집에 가고 싶었다. '이대로 거리에 나가면 사람들이 어떻게 생각할까?'라고 상상해 보니 뭔가 재미난 일이 일어날 것 같았다. 하지만 동시에 '에이, 이걸 어떻게 입고 가. 창피하게.' 라는 마음이 앞섰다. 선뜻 엄두가 나지 않았다. 난 이제껏 학교에서 시키는 대로 공부만 성실히 해 온 소위 모범생 아니었던가. 지각과 결석은 물론 야간 자율 학습조차 빠진 적이 없었던, 교복 치마 한 번 줄이지 않은 바른 학생이었던 내가 이런 일탈이 가능할까 망설여졌다.

고민 끝에 한복을 입은 채 거리로 나갔다. 이상한 여자로 몰릴 것 같았는데, 전혀 그렇지 않았다. 나를 신기하게 보면서도 서둘러 제 갈 길을 갔다. 이런 경험을 토대로 나는 젊은이들이 좋아할 만한 현대적인 한복을 만들겠다고 결심하고 한복 가게를 열었다.

요즘 청춘들은 솔직하지 못한 것 같다. 길 가다 넘어져도 무릎부터 살피지 않고 누가 보는지부터 확인한다. 무얼 하고 싶어도, 사람들이 어떻게 생각할지 걱정한다.

사실 예전엔 나도 그랬다. 한복 때문에 '사람들이 흉보진 않을까, 이상한 눈초리로 바라보지 않을까?' 하고 걱정부터 했다. 그러나 생각보다 사람들은 나에게 관심이 없다는 걸 깨달았다. 흥미로운 건 그들도 내 눈치를 본다는 사실이었다. 왜 우리는 주변 시선을 의식하고 인생의 척도로 삼을까. 나는 그럴 필요가 없다고 생각한다. 내 인생을 만드는 요소는 '나'로부터 와야 한다. 그게 바로 진짜 인생 아닐까?

전기세, 수도세를 내지 못하면서도 유명 카페에서 팔천 원짜리 음료를 마시는 모습이 어쩌면 이 시대 청춘들과 닮았는지 모른다. 남에게 보일 모습을 그럴싸하게 꾸미지 말고 조금 더 솔직해지는 건 어떨까? 아프면 얼굴을 찡그리며 아프다 소리치고 기쁘면 좋아서 춤도 추고 말이다. 머리를 자르고 싶으면 단칼에 잘라도 보고 늘 같은 포즈로 예쁜 '척'만 하는 사진 말고, 재미난 포즈와 표정으로 찍어 보자는 것이다. 회사 이름을 늘어놓고 직장을 고르지 말고 내가 하고 싶은 일을 실현할 수 있는 곳을 찾는 게 현명한 일일 것이다.

진짜 '나'를 껍데기에 가둬 두는 것이 아니라 내 안의 '나'가 겉으로 스며 나오는 삶. 마음껏 표현하고 즐기면서 살아 보라. 누구보다 내 마음이 편할 것이다.

황이슬
만화 속 한복에 반한 스무 살, 한복을 길거리 패션으로 만들고 싶다는 꿈이 생겼다. 그 후 19년째 그 꿈을 향해 달려가고 있다. 비전공자에서 출발해 지금은 한복 전문가로 불리며 인맥, 자본 하나 없이 스스로 차곡차곡 이야기를 만들고 있다. 스토리를 만드는 즐거움, 당당하고 행복하게 내 일을 하는 즐거움, 꿈을 이뤄 가는 즐거움. 이 즐거움을 청춘 모두가 누리기를 소망하고 응원한다. 지은 책으로 『나는 한복 입고 홍대 간다』가 있다.

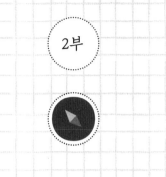

2부

나를 찾아가는 여행

「나를 찾아가는 여행」에는 자신만의 길을 찾아가는 데

도움이 된 소중한 경험들이 있다.

어려움에 맞닥뜨렸던 사람들의 경험들에서

지혜를 배울 수 있다.

새우잠을 자더라도 고래 꿈을 꾸어라

정호승

어릴 때부터 늘 어른들한테 들어 오던 말이 있습니다. 그것
은 '꿈을 가지라'는 말이었습니다.

"넌 꿈이 뭐니? 커서 뭐가 되고 싶니?"

어른들은 왜 그런 질문을 자꾸 하는지 알 수 없었습니다.

그래서 그런 말을 들을 때마다 듣기가 싫었습니다. 듣기 싫
을 뿐만 아니라 꿈을 꾼다는 사실 자체가 참으로 식상한 일이
라고 생각되었습니다. 그런데 어른 세대가 되어 버린 저 또한
요즘 젊은 학생들한테 그런 말을 합니다.

"꿈의 크기가 삶의 크기다!"

학생들 또한 이 말을 듣고 식상해할 게 뻔합니다.

제가 다닌 대학에 시인 조병화 선생께서 문리대 학장으로 계실 때였습니다. 선생께서는 당신 친필로 '꿈'이라고 쓴 삼각형 깃발을 1층 계단 입구에 세워 놓았습니다. 학생들은 그 깃발의 의미를 잘 몰랐습니다. '우리가 어린앤가, 저런 깃발을 다 세워 두게. 시인 학장이라 좀 다르군.' 대부분 그런 생각을 했습니다.

선생께서는 당신의 고향, 경기도 안성 난실리에 대해 말씀하실 때도 "마을 입구에 와서 '꿈'이라고 쓴 깃발이 펄럭이는 집으로 찾아오면 된다."라고 하시기도 했습니다. 저는 그런 말을 들을 때에도 단순히 '선생께서는 왜 꿈이라는 말을 저렇게 좋아하시는 것일까?' 하는 생각만 했지 그 깊은 의미를 몰랐습니다.

그런데 차차 나이를 먹어 가면서 어릴 때부터 자기만의 꿈을 꾼다는 사실이 참으로 중요하다는 것을 알게 되었습니다. 살아갈수록 젊을 때 꾼 꿈의 모습대로 인생이 이루어진다는 것을 깨닫게 되었습니다. 조병화 선생께서는 젊을 때 꾸는 꿈이 일생에 결정적인 역할을 한다는 것을 이미 잘 알고 계셨던 것입니다.

어른이 되어 꾸는 꿈은 아무리 그 꿈이 크다 할지라도 초라

해질 수밖에 없는 속성을 지니고 있습니다. 어릴 때 꾸는 꿈과 어른이 되어 꾸는 꿈은 그 성격 자체가 다릅니다. 그것은 이미 주어진 현실의 범위와 한계를 잘 알기 때문입니다. 이루어질 수 없을 게 뻔한 꿈을 꾼다는 것 자체가 이미 고통입니다.

그래도 저는 꿈을 꾸려고 노력해 보았습니다. 그러나 어른이 되어 꾸는 꿈은 역시 새우 꿈에 불과했습니다. 그런데 어디에선가 "새우잠을 자더라도 고래 꿈을 꾸어라."라는 말을 대하는 순간, 눈이 번쩍 떠졌습니다. '내 비록 작은 보리새우처럼 웅크려 잠을 잔다 하더라도 꾸는 꿈은 고래 꿈을 꾸어야지.' 하고 힘이 솟았습니다.

꿈을 꾸는 데에는 나이 제한이 없습니다. 1860년에 태어난 메리 로버트슨이라는 미국 화가는 78세 때 처음 그림을 그리기 시작한 분으로 유명합니다. 미술 교육을 받은 적도 없는 이 할머니 화가는 자신이 자란 시골의 풍경, 썰매 타는 풍경이나 추수 감사절 풍경 등을 그림으로 그려 동네 약국에 걸어놓았습니다. 그런데 마침 그곳을 지나던 미술품 수집가 루이스 캘도어가 이 그림을 발견, 뉴욕 미술계에 소개함으로써 할머니는 순식간에 화가의 길로 들어서게 되었습니다. 농촌의 일상을 정교하게 표현한 그림인 데다 할머니의 지긋한 나이와 소박한 인격 등이 한데 어우러져 세인의 주목을 받기 시작한 것입니다. 이 할머니 화가는 오른손의 관절염이 심해지자 왼손으로 세상을 떠나기 한 해 전인 100세 때까지 그림을 그렸으며, "삶은 우리 자신이 만드는 것이다. 늘 그래 왔고, 앞으로도 그럴 것이다."라는 말을 남겼습니다.

이렇게 꿈은 꿈을 꾸는 자의 것입니다. 꿈이 없는 삶은 날개가 부러져 땅바닥에 앉아 굶어 죽어 가는 새와 같습니다. 한번 꾼 꿈은 어떤 어려움이 따르더라도 꾸준히 추구해야 합니다. 꿈은 어쩌면 꿈을 추구하고자 하는 과정 속에서 이루어지는 것인지도 모릅니다. 추구하지 않는 꿈을 지니고 있는 것은 자기 손에 든 아이스크림이 녹아내리는 것을 멍하니 내려다보는 것과 같습니다.

해 보기 전에는 자신이 무엇을 할 수 있는지 아무도 모릅니다. 물론 자기 자신도 모릅니다. 할 수 있다는 믿음을 지니고 있다면 분명 그것을 할 수 있는 능력을 지니게 됩니다. 인생은 젊을 때 어떠한 꿈을 어느 정도 꾸었느냐에 따라 완전히 달라집니다.

정호승

1950년 경남 하동에서 태어나 대구에서 자랐다. 경희대 국어국문학과와 동 대학원을 졸업했다. 1972년 한국일보 신춘문예에 동시, 1973년 대한일보 신춘문예에 시, 1982년 조선일보 신춘문예에 단편소설이 당선되었다. 시집으로 『슬픔이 기쁨에게』 『서울의 예수』 『새벽편지』 등이 있고, 산문집으로 『내 인생에 힘이 되어준 한마디』 『우리가 어느 별에서』 등이 있다. 소월시문학상, 정지용문학상, 편운문학상, 상화시인상, 공초문학상 등을 받았다.

내가 쌓은 경험이 나를 만든다

박정희

"우리 반 반장 정희네 엄마가 집을 나가시다니 믿을 수가 없다."

그 한 줄때문이었다. 엄마가 집을 나간 지 일주일도 되지 않아 엄마의 가출 소식이 우리 반 전체에 소문이 난 건.

아파트 같은 동에 살며 한때 친하게 지냈던 반 친구였는데 지금은 이름도 기억이 안 난다. 매주 검사를 맡았던 일기장에 친구가 그 이야기를 썼고, 담임 선생님은 나를 불러내셨다. 교무실 한편에서 펑펑 울며 사실을 털어놨다.

나는 4학년, 동생들은 각각 2학년과 일곱 살이었다. 소문이 나고 석 달도 되지 않아 아빠를 따라 새 동네로 이사를 했다.

일곱 살짜리를 데리고 도저히 일을 다닐 수 없다는 아빠의 통화가 있고 며칠 뒤, 할머니가 큰 가방 두 개나 들고 찾아오셨다.

8년을 그 동네에서 다섯 식구가 살았다. 셋이 누우면 꽉 차는 정말 작은 방 두 개와 오래된 나무 마루 밑에선 가끔 쥐가 튀어나오고 옆집과 맞닿은 벽 사이에 재래식 화장실이 있는 30년이 넘은 오래된 집.

동네와 학교, 친척들 사이에서 우리 삼 남매는 엄마 없이 홀아비와 늙은 할머니 손에 자라는 불쌍한 애들로 통했다. 급식비, 학비, 수학여행비 지원 필요 학생 목록엔 꼭꼭 내 이름이 올랐다. 방학 숙제로 가족과 함께하기, 여행 가서 찍은 가족사진 등을 붙여야 하는 페이지가 있으면 나는 숙제를 안 하고 혼나는 일을 선택했다.

동생들에겐 네가 엄마 대신이라는 이야기를 귀에 못이 박히도록 들었다. 그 덕에 누가 시키지 않아도 나는 꼬부랑 할머니를 도와 집안일을 하고 동생들을 살뜰히 챙기고 투정 한 번 부리지 않는 일찍 철든 착한 아이가 되었다.

많은 날에 죽고 싶었다. 라면 두 개로 다섯 식구가 먹기 위해 소면을 잔뜩 넣고 끓였던, 푹 퍼진 라면이 싫어졌던 밥상

앞에서. 돈이 없어 못 사 온 준비물을 깜박 잊은 척 친구들 앞에서 연기해야 했던 등굣길에서. 내가 좋아했던 남자애가 우리 집은 어디냐며 따라오자 창피한 마음에 벌컥 화를 냈던 날과, 한 벌뿐인 하복 블라우스를 하나 더 살 돈이 없어 냄새가 날까 봐 열심히 손빨래하던 매일 여름 저녁에.

사춘기가 깊어질수록 마음에 큰 태풍이 불었다. 타고난 예민함이 폭풍우를 만나 이리저리 나부꼈다. 나는 왜 태어났을까, 나는 왜 이런 부모님을 만난 걸까, 산다는 건 무엇일까, 무엇을 위해 나는 살아가야 하는 걸까, 답이 없고 의미도 없는 질문이 꼬리에 꼬리를 물었다. 괴로웠다. 슬펐다. 우울했다. 외롭고 쓸쓸했다. 하고 싶은 것도 없고 되고 싶은 것도 없었다. 아무것도 하지 않고 그저 마음속 우울의 심해에 잠겨 있었다.

중학교 때 국어 선생님께서 너는 글 쓰는 솜씨가 있으니 잘 다듬었으면 좋겠다며 작문 캠프에도 참가할 수 있도록 해 주셨지만, 우리 집 형편에 함부로 꿈은 꾸지 않는 편이 낫다고 생각했다. 아무에게도 말하지 못했지만 매일 누군가 고통 없이 죽여 준다면, 기꺼이 목숨을 내놓을 수 있다고 마음먹고 살았다. 먹으면 당장 숨이 끊어지는 약이 있다면 망설이지 않고 삼킬 수 있다며 아쉬워하던 청소년이었다.

'엄마'라는 단어를 말해도 더 이상 눈물이 나지 않는 어른이 되고 회사를 다니던 20대 중반, 우연히 태국 여행을 갔다. 방콕으로 시작한 첫 태국 여행은 특유의 매력으로 나를 치앙마이까지 이끌었다. 여섯 시간 비행기를 타고 날아간 곳엔 내가 알던 사람들과 전혀 다른 사람들이 있었다. 내가 엄마가 있는지 없는지, 불우하고 우울한 청소년기를 보냈는지 관심 두지도, 비교하지도, 묻지도, 알지도 않는 사람들만 가득했다. 눈만 마주치면 웃어 주는 사람들, 남자인데 여자 같은 사람들, 여자인데 남자 같은 사람들, 한창 일할 시간 길에 누워 자는 사람들, 지붕 없는 트럭 짐칸에 타 쏟아지는 비를 맞고 출퇴근하면서도 해맑게 웃는 사람들.

낯선 풍경이었지만 마주친 사람들에게 마음이 열렸다. 조금이라도 휴가가 주어지면 짐을 싸서 치앙마이에 갔다. 치앙마이를 생각하며 회사 생활을 견뎠고 여행까지 남은 날짜를 계산하며 일상을 버텼다. 휴일은 물론, 퇴사 기념, 이직 기념 모두 태국이 행선지였다. 하고 싶은 것도 되고 싶은 것도 없던 내가, 치앙마이에서 살고 싶다는 꿈을 꾸었다.

어느 해 추석엔 음식물 쓰레기를 버리러 나갔다가 보름달을 바라보며 소원을 빌었다. "라면만 먹고 살아도 좋으니 치앙마이에 살 수 있게 해 주세요." 1년을 목표로 삼았다. 비행기를 타기 전날까지 인수인계를 마치고 천만 원을 들고 치앙마이 1년 살이를 시작했다.

머물수록 치앙마이는 내가 있어야 할 곳으로 느껴졌다. 내가 죽지 않고 살 수 있는 곳은 치앙마이 같았다. 조금만 시내를 벗어나도 펼쳐지는 초록 가득한 자연의 풍경, 오래되고 낡은 건물, 손때 묻은 촌스럽고 귀여운 물건들. 무엇보다 내가 통장에 얼마를 모았는지, 어떤 일을 하는 사람인지, 집은 몇 평인지, 자가인지 전세인지보다 지금 내가 행복한지, 나를 행복하게 하는 것은 무엇인지 궁금해하는 치앙마이 사람들에게 나는 마음을 모두 **빼앗겨** 버렸다.

가지고 온 돈이 다 떨어지기 전에 내가 해야 할 수 있는 일을 찾아야 했다. 전무후무했던 한국어 정보지를 만들어 배포하고, 출판사 몇 곳에 내가 만든 정보지를 첨부해 치앙마이 가이드북을 쓸 수 있는 사람이라고 홍보했다. 월세를 아껴 보고자 넓은 집을 구해 직접 페인트칠을 하고 가구를 배치해 게스트 하우스를 열고 손님을 받았다. 생활비를 벌고자 꾸준히 여러 곳에 글을 기고하고 SNS와 블로그, 유튜브 등을 통해 치앙마이 여행 정보를 업데이트하며 치앙마이의 매력과 나를 알리고자 애썼다. 친구와 함께 마켓에 참여해 한국 음식을 팔고, 꿀 채집, 도자기, 제빵, 위빙, 가죽 공예 등등 많은 것들을 배웠다. 해 볼까? 싶은 일엔 생각을 덧붙이기보단 소매를 걷어붙이고 일단 달려들었다.

모두 치앙마이에서 하루라도 더 살고 싶은 마음에서 시작된 일이다. 1년의 계획은 어느덧 10년의 일상이 되었고 몇 번의 성장을 거쳐 게스트 하우스는 규모도, 인지도도 커졌으며 가이드북도 출간 후 꾸준히 베스트셀러 반열에 올랐다.

누군가는 운이 좋아서라고 이야기하겠지만, 내 수많은 경험이 내가 하고 싶은 일과 꿈을 찾게 해 주었고, 간절한 마음이 스스로 기회를 만들고, 노력이 성장을 이끌었으며, 용기와 선택이 결과를 가져다주었다고 이야기하고 싶다.

불행한 유년 시절은 내 잘못도 내 선택도 아니다. 공기와 바람, 길가에 피어난 들풀들, 물처럼 그냥 주어진 환경 중 하나일 뿐이다. 인생에서 중요한 것은 내게 주어진 환경보다 내가 하는 선택이다. 내가 어떤 사람이 되고 싶은진 내가 선택하고 행동하면 된다. 내 선택이 최선이 될 수 있도록 누군가 쓰고 간 변기를 닦고, 이층집을 혼자 페인트칠하고, 바퀴벌레를 손으로 잡고, 사진 한 장이 필요해 정글에 들어가는 일도 거침

없이 해 나갔다.

10년 후, 20년 후의 나는 또 다른 모습을 하고 있을 것이다. 당장 꿈이 없어도 많은 경험 앞에 자신을 데려다 놓길 바란다. 끔찍이 싫은 것들과 가끔 취미 삼고 싶은 것들, 혹은 목숨을 걸고 해 보고 싶은 것을 만날지도 모른다. 물론 당신이 좋아하는 게 아무것도 없고 아무 변화가 없을 수도 있다. 그래도 괜찮다. 그 경험들은 인생이라는 여정에 반드시, 한 번쯤 쓸모가 생길 테니.

박정희

버는 족족 여행을 떠나는 방랑자의 삶을 살던 태국 치앙마이 거주 10년 차 한국인. 여행이 일상이고 일상이 여행인 프리랜서 여행 크리에이터로 저서로는 『Tripful 트립풀 Issue No.2 치앙마이』『Tripful 트립풀 Issue No.16 하노이』가 있다. 급하고 불 같은 성정을 가진 뼛속까지 한국인으로 30년을 살다가 매사 서두르는 법 없이 모든 게 느긋한 태국인들과 섞여 살면서 그들의 유연한 삶의 방식을 닮아 가고자 매일 애쓰고 있다.

꿈의 나침반

최웅재

나는 대학에서 조경을 전공했다. 당시 조경은 일반적으로 잘 알려진 분야가 아니었고, 당연히 나에게도 낯선 학문이었다. 처음 들은 조경학개론 수업에서 건축물을 제외하곤 거의 모든 부분이 조경의 영역이라는 말을 듣곤 놀랐던 기억이 난다. 나는 계절마다 달라지는 캠퍼스의 모습을 좋아했다. 동기들과 웃고 떠들던 잔디밭도, 내가 자주 가던 광장도, 멋지다고 생각했던 벤치도 모두 조경의 일이었음에 깊이 매료됐던 것 같다. 하지만 그때 당시 많은 사람들이 조경을 꽃과 나무를 심는 행위, 혹은 막노동으로만 인식했다. 그러나 이러한 인식은 오히려 나의 도전 의식을 불태웠다. 인식을 바꾸는 게 내게 주어진 과제라고 생각했고, 이 일의 영역을 성장시킬 수 있는 기회처럼 여겨졌다. 특히 나는 조경 분야 중에서도 설계를 하고자 했는데, 사람에 대해 깊이 이해하고 그것을 공간으로 풀어내는 과정들이 진중한 철학처럼 느껴졌기 때문이다.

하지만 꿈을 향한 길은 시작부터 험난했다. 설계 사무소의 업무 강도는 상상을 초월했다. 밤샘 작업과 주말 근무는 일상이었고, 적은 급여와 과중한 업무에도 불구하고 스스로 세운 세 가지 각오를 지키며 버텨 냈다. 첫째, 돈이 적다고 그만두지 말자. 둘째, 일이 힘들다고 그만두지 말자. 셋째, 사람이 싫다고 그만두지 말자. 금전적 보상은 내가 어느 정도 수준에 올라야 얻어지는 것이라 생각하여 보상을 바라는 마음은 일찍이 접었다. 일이 힘들다고 그만두면 '아, 나는 이만큼 밖에 노력할 수 없는 사람인가?' 자책하며 스스로 한계를 만들게 될 것 같았다. 그리고 마음에 들지 않는 사람은 어디에나 있기 마련이니, 한 번 도망치기 시작하면 끝없는 도망의 연속이 될 것 같다는 생각에 스스로 세운 세 가지 기준이었다.

하지만 굳은 의지도 매번 흔들렸다. 처음에는 나를 지지해 주던 친구들도 일에만 빠져 있는 나에게 불만을 품기 시작했고, 나중에는 가족마저도 회사를 그만두라고 만류했다. 그렇게 치열하게 일한 지 5년 차가 되던 해, 직접 설계한 공간이 실제로 구현되는 과정을 보면서 큰 충격을 받았다. 도면과는 전혀 다른 결과물에 실망했고, 설계자의 의도가 반영되지 않는 현실에 회의감을 느꼈다.

건축과 조경은 얼핏 보면 비슷한 일 같지만 실상은 그렇지 않다. 둘 다 설계와 시공이 구분되어 있지만, 건축은 감리 제도를 통해 시공사와 협의하며 설계자의 의도대로 만들어 낸다. 반면 조경은 감리 제도가 체계화되어 있지 않아, 시공 단계에서 설계자가 의견을 내거나 변경을 제한할 권리가 없다. 설계대로 진행되지 않는다면 설계는 무슨 의미가 있을까? 점점 커져 가는 현장과의 괴리는 내가 설계를 잘하고 있는 것인지 의문으로 이어졌다.

결국 나는 설계와 시공을 함께 담당하는 회사를 설립했다. '생각한 사람이 생각대로 만든다' 단순하지만 명료한 신념이었고, 어찌 보면 무모한 도전이었다. 시공 경험이 전무했던 나는 현장에서 밑바닥부터 모든 것을 배워야 했다. 설계 사무소 소장이라는 반듯한 직위는 일을 배우는 데 방해가 됐고, 막노동꾼이라는 이름이 오히려 내게 큰 도움이 되었다. 주변의 차가운 시선과 냉소적인 조언에도 굴할 수 없었다. 이것이 내 길이라는 확신이 있어서가 아니라 확인을 하고 싶어서였다. 내 고민과 노력이 맞았는지 틀렸는지, 끝까지 도전해 보지 않으면 영원히 알 수 없을 것 같았다.

몇 년이 지나 묵묵히 버티던 어느 날, 조경이라는 분야가 사람들에게 알려지고 정원 박람회라는 좋은 공공 문화 콘텐츠가 생겨나기 시작했다. 동시에 성실히 만들어 왔던 작품들이 좋은 평가를 받으며 72시간 도시상생프로젝트 서울시장상, 대한민국조경대상 민간부문상을 수상했다. 또한 건축 분야에서도 조경이 중요해지면서, 실제 공간까지 직접 구현해 줄 수 있는 조경설계가를 찾는 수요가 늘어 때론 설계자로, 때론 작업자로 바쁘게 일하고 있다. 그리고 틈틈이 대학에 강의를 나가며, 함께 일하기 좋은 사람들을 늘려 나가는 중이다.

어느새 '꿈'이라는 말이 장래의 직업을 묻는 단어가 되어 버린 것 같아 아쉬움이 든다. 우리는 너무 쉽게 꿈을 직업의 틀 안에 가두어 버린다. 하지만 진정한 꿈은 단순히 직함이나 직업의 범주를 넘어서는 것이어야 하지 않을까? 나는 조경 설계가로 시작했지만, 이제는 설계와 시공을 아우르고, 때로는 교단에 서서 후학을 양성하며, 나름 새로운 영역을 계속해서 개척해 나가고 있다. 이처럼 꿈이라는 것이 고정된 것이 아니라 끊임없이 진화하고 확장되는 것이라 생각해 본다면 우리가 정말 추구해야 할 것은 특정 직업이나 지위가 아니라, 자신만의 가치를 찾고 그것을 실현해 나가는 과정일 것이다. 꿈은 우리를 특정한 목적지로 인도하는 지도가 아니라, 끊임없는 성장과 도전을 이끄는 나침반이 되어야 한다. 그리고 그 나침반은 언제나 우리가 진정으로 가치 있다고 믿는 방향을 가리켜야 한다. 나는 지금도 새로운 꿈을 꾸고 있다. 더 나은 공간을 만들고, 더 많은 사람들에게 영감을 주며, 우리 분야의 새로운 가능성을 열어 가는 꿈을.

최웅재

조경 설계와 시공을 하는 디자인스튜디오 도감의 소장이다. 좋은 공간은 사람들의 삶을 긍정적으로 바꿀 수 있다는 생각으로 조경 분야 내 다양한 활동을 이어 오고 있다. 설계가로서 직접 현장을 구현해 낼 때, 비로소 공간의 완성도를 높일 수 있다는 메시지를 전달하기 위해 끊임없이 노력 중이다. 그에게 조경은 단순히 식물을 심는 일이 아닌, 사람과 환경이 조화롭게 공존하는 공간을 만드는 종합 예술이다.

그대의 한계를 슬퍼하지 마세요

박상우

어린 시절, 체력장 검사를 처음 받고 가장 먼저 떠올린 말이 '한계'였습니다. 달리기, 턱걸이, 팔 굽혀 펴기, 멀리뛰기 등등에서 모든 아이들이 서로 다른 한계를 나타냈습니다. 남보다 잘하는 아이가 있고 남보다 못하는 아이가 있었습니다. 그때는 상대적인 비교라는 걸 몰랐지만 남보다 잘한 아이는 우쭐한 표정을 보이고 남보다 못한 아이는 울적한 표정으로 교실로 돌아갔습니다.

어른이 되어도 남과 비교당하는 일은 끊이지 않습니다. 세상 모든 분야에서 사람은 사람과 비교되고 그것으로 우열과 승패가 가려집니다. 경쟁을 하고 시험을 치르고 판정을 기다려야 합니다. 기쁨을 만끽할 수 있지만 깊은 좌절감을 느낄 수도 있습니다. 사회적인 패배감이 커지면 세상을 원망하고 질시하며 아예 경쟁 대열에서 이탈하거나 낙오할 수 있습니다. 잦은 패배가 자신에 대한 절망과 경쟁에 대한 두려움을 불러오기 때문입니다.

인간은 태어날 때부터 한계를 지닌 존재입니다. 생명에도 한계가 있고 신체적·정신적 조건에도 한계가 있습니다. 하지만 참으로 다행스러운 점 한 가지는 인간에게 주어진 한계에는 한계가 없다는 사실입니다. 모든 한계는 극복하기 위한 과제일 뿐 불변의 한계는 존재하지 않습니다. 태어나서 죽음을 맞이한다는 일 이외, 모든 조건은 극복의 대상일 뿐입니다.

자기 발전의 출발점은 자기 한계를 인정하는 지점입니다. 자기 한계를 부정하고 자기보다 잘하는 사람을 원망하고 질시하는 마음으로는 아무런 변화도 이끌어 낼 수 없습니다. 한계를 인정해야 목표가 생기고 극복하기 위한 극기의 과정이 있어야 한계가 상향 조정됩니다. 인간의 한계에 절대치는 없습니다. 마의 벽이라 불리던 모든 기록은 깨지고 인간의 한계는 불굴의 의지로 극복됩니다. 바로 그 지점에서 인간의 존엄성과 위대함이 눈을 뜹니다.

세상에는 자기 한계를 극복하기 위해 피나는 노력을 기울이는 사람이 많습니다. 장애를 지닌 채 국토 순례를 하거나 일반인도 오르기 힘들어하는 높은 산에 오르고 올림픽에 도전하기도 합니다. 0.1초의 기록을 단축하기 위해 몇 년씩 피땀흘리는 운동선수, 열악한 환경 속에서 공부해 마침내 열망하던 시험에 붙은 사람, 몇십 년 동안 남모르게 노력해 육순이나 칠순의 나이에 평생의 꿈이었던 작가나 시인이 되는 사람도 있습니다. 남들이 재능이 없다고 말하거나 못한다고 질타할 때도 묵묵히 자기 한계를 극복하기 위해 정진한 결과입니다.

　한계는 한계를 인정하지 않습니다. 한계의 절대치가 주어지지 않았다는 건 인간의 무한 발전 가능성을 의미합니다. 그러니 세상의 외형적인 경쟁에 시달리지 말고 주어진 한계를 극복하기 위한 자신과의 경쟁에 집중해야 합니다. 자기 한계를 극복하지 못하게 만드는 최대의 적은 세상 사람이 아니라 자신이기 때문입니다.

박상우

1988년, 『문예중앙』 신인문학상에 중편소설 「스러지지 않는 빛」이 당선되어 문단에 나왔다. 1999년 중편소설 「내 마음의 옥탑방」으로 제23회 이상문학상을 받고 2009년 소설집 『인형의 마을』로 제12회 동리문학상을 받았다. 주요 작품으로 소설집 『샤갈의 마을에 내리는 눈』 『사탄의 마을에 내리는 비』 등이 있고, 장편소설 『호텔 캘리포니아』 『비밀 문장』 등과 산문집 『내 영혼은 길 위에 있다』 『반짝이는 것은 모두 혼자다』 등이 있다.

미치지 않으면 안 된다

정민

옛말에 '미치지 않으면 미치지 못한다(불광불급不狂不及)'는 말이 있다. 무슨 일이든지 미친 듯한 열정으로 하지 않으면 큰 성취를 이룰 수 없다는 뜻이다. 지금 남아 있는 훌륭한 예술 작품이나 문학 작품도 피눈물 나는 노력과 미친 듯한 몰두 속에서 이루어진 것들이다.

조선 시대 유명한 서예가 중에 최흥효란 사람이 있었다. 그가 젊어서 과거 시험을 보러 갔다. 문제를 받고서 답안지를 쓰고 있었다. 쓰다 보니 그중에 한 글자가 중국의 유명한 서예가 왕희지의 글씨와 꼭 같게 써졌다. 평소에는 수백 번씩 연습해도 잘 써지지 않던 어려운 글자였다. 그런데 이번에 쓴 것은 오히려 왕희지보다 더 잘 쓴 것 같았다.

그는 그만 자기 글씨에 자기가 도취되고 말았다. 하루 종일 그 글자만 바라보던 그는, 차마 아까워서 답안지를 제출하지 못하고 그냥 품에 안고 집으로 돌아오고 말았다. 우연히 같게 써진 한 글자의 글씨 앞에서 그는 지금 자기가 과거 시험을 보고 있다는 사실마저 까맣게 잊고 말았던 것이다. 그렇게 열심히 글씨 연습을 해서 그는 뒷날 과연 이름난 서예가가 되었다.

조선 중기에 이징이란 화가가 있었다. 그는 어려서부터 그림 그리기를 좋아했다. 그의 아버지 이경윤도 이름이 알려진 화가였다. 그렇지만 그림을 잘 그려도 천한 대접만 받았으므로 아들이 그림 그리는 것을 달가워하지 않았다. 그림이 너무 그리고 싶었던 이징은 몰래 집 다락에 숨어서 그림을 그렸다. 집에서는 갑자기 아이가 없어졌기 때문에 큰 소동이 일어났다. 온 동네를 다 찾아다녔지만 아이를 찾을 수가 없었다.

가족들은 사흘 만에 다락방에서 그림을 그리고 있는 소년을 찾아냈다. 아버지는 너무도 화가 나서 볼기를 때렸다. 소년은 매를 맞고 울면서 자기도 모르는 사이에 눈물을 찍어 새 그림을 그리고 있었다. 그것을 본 아버지는 소년에게 그림 그리는 것을 허락하고 말았다.

또 조선 시대 왕실의 친척이었던 학산수란 이가 있었다. 그는 노래를 잘 부르는 명창으로 이름이 높았다. 산에 들어가 노래 공부를 할 때는 반드시 신발을 벗어 앞에 놓았다. 노래 한 곡을 연습하고 나면 모래 한 알을 주워 신발에 담았다. 또 한 곡이 끝나면 다시 모래 한 알을 담았다. 그렇게 해서 모래가 신발에 가득 차면 그제야 산에서 내려왔다.

한번은 황해도로 여행을 갔다가 돌아오는 길에 도적 떼를 만났다. 도적들은 그의 복장을 보고 귀한 신분인 줄 알아채고, 가진 것을 다 빼앗은 후 그를 죽이려고 했다. 그는 이렇게 죽는구나 생각하니 자기도 모르게 슬퍼져서 나무에 꽁꽁 묶인 채로 바람결을 따라 노래를 불렀다. 노래를 들은 도적들은 모두 감동하여 눈물을 줄줄 흘렸다. 노래가 끝나자 도적들은 그 앞에 일제히 무릎을 꿇고 울면서 잘못을 빌었다. 그를 풀어 주고 빼앗았던 물건도 다 돌려주었다.

조선 후기에 이삼만이라는 서예가는 초서 글씨를 잘 쓰기로 유명했다. 종이를 구하기 힘들 때였기 때문에 그는 흰 베 위에 글씨를 썼다. 흰 베가 온통 까맣게 되면 이것을 빨아서 다시 썼다. 아무리 아파도 하루에 천 자씩은 꼭 썼다. 처음에 그는 부자였는데, 글씨만 쓰고 다른 일은 돌보지 않았기 때문에 나중에는 아주 가난하게 되었다. 그래도 그는 열심히 글씨만 썼다.

그는 글씨를 배우려는 젊은이에게 늘 이렇게 말하곤 했다.

"자네가 글씨를 잘 쓰려면 적어도 벼루 세 개쯤은 먹을 갈아 구멍을 내어야 할 걸세."

지붕에서 떨어지는 낙숫물이 돌을 뚫는다는 말이 있다. 그 단단한 벼루가 먹을 갈아서 구멍이 나도록 그는 글씨를 쓰고 또 썼다. 그래서 마침내 훌륭한 서예가가 되었다.

우연히 같게 써진 글자 하나 때문에 과거 시험 답안지를 제출하지 않았던 최흥효나 매를 맞으면서도 눈물을 찍어 새 그림을 그렸던 이징, 그리고 노래 한 곡을 부를 때마다 모래 한 알을 담아 넣으며 노래 공부를 했던 학산수, 여러 개의 벼루를 구멍 내 가면서 글씨 연습을 했던 이삼만, 이 네 사람은 모두 자기가 하고 싶은 일에 미쳤던 사람이라고 할 수 있다.

위대한 예술은 이렇듯 끊임없는 노력과 미친 듯한 몰두 속에서 이루어진다. 노력 없이 이룰 수 있는 일은 아무것도 없다. 시도 이와 다를 것이 없다. 시인은 마음에 드는 좋은 시를 쓰기 위해서 이렇게 노력한다.

고려 때 강일용이란 시인이 있었다. 그는 깃이 흰 백로를 유난히 사랑했다. 백로를 가지고 정말 훌륭한 시를 한 수 짓고 싶었다. 그래서 비만 오면 짧은 도롱이를 걸쳐 입고 황소를 타고 개성 시내를 벗어나 천수사라는 절 옆의 시냇가로 갔다. 황소 등에 올라앉아 비를 쫄딱 맞으며 백로를 구경하곤 했다.

비가 올 때마다 나가서 백로를 관찰하였지만 아름다운 시상(詩想)은 쉽게 떠오르지 않았다. 그러다 백 일 만에 갑자기 한 구절을 얻었다.

그 시구는 이러했다.

"푸른 산허리를 날며 가르네."

그는 어느 날 시내를 박차고 날아오른 백로가 유유히 산허리를 가르며 날아가는 것을 보았다. 비가 와서 푸른 산허리에는 흰 안개가 자옥이 깔려 있었다. 그런데 시인은 흰 안개가 흰 백로가 훨훨 날아가면서 푸른 산허리에 흰 줄을 그어 놓은 것이라고 상상했던 것이다. 꼭 국군의 날 행사 때 공군 비행기가 하늘 위에 흰 줄을 긋고 지나가는 것처럼 말이다.

이 구절을 얻고서 그는 너무도 기뻐서 이렇게 소리쳤다.

"내가 오늘에야 옛사람이 미처 말하지 못한 것을 비로소 얻었다. 훗날 이 구절을 이어 시를 완성할 사람이 있을 것이다."

이 한 구절이 너무도 마음에 들고, 또 이 구절을 얻은 것이 너무 기뻤던 나머지, 그는 다른 구절을 채워 한 수의 시를 완성할 생각조차 하지 않았다.

위대한 예술가는 하나의 예술 작품을 탄생시키기 위해 이러한 고통을 마다하지 않는다. 나를 완전히 잊는 몰두 속에서만 위대한 예술은 탄생한다. 옛 시인들은 한 편의 마음에 드는 시를 짓기 위해 어떤 노력을 기울였을까?

당나라 때 시인 맹교는 좋은 시를 짓기 위해서라면 칼로 자기 눈을 찌르고 가슴을 도려내는 고통도 마다하지 않았던 사람이었다. 그는 이렇게 노래한 적이 있다.

"살아서는 한가한 날 결코 없으리/죽어야만 시를 짓지 않을 테니까."라고 하여, 죽기 전에는 결코 시 짓는 일을 그만둘 수 없다고 말하기도 했다.

당나라 때 노연양이란 시인도 아주 재미난 시를 남겼다.

"한 글자를 꼭 맞게 읊조리려고/몇 개의 수염을 배배 꼬아 끊었던가."

시를 지으려고 하는데 알맞은 표현이 떠오르지 않았다. '이 글자가 좋을까, 아니면 저 글자가 좋을까? 이 둘보다 더 나은 글자는 없을까?' 하며 고민하느라 자기도 모르는 사이에 수염을 배배 꼬다가 수염이 도대체 몇 가닥이 끊어졌는지 알 수가 없다는 말이다. 생각에 골똘히 빠져서 손가락 끝에 수염 하나를 감아쥐고 배배 꼬는 그 모습이 눈에 선하게 떠오른다. 누가 시킨 일도 아닌데, 스스로 만족스러울 때까지 그들은 자기 자신을 이렇게 들볶았다.

남들이 보기에는 대수롭지 않아 보이는 작품 하나에도 한 예술가의 일생이 담겨 있다. 시인은 한 편의 아름다운 시를 남기기 위해 어떤 괴로움도 다 참아 내며 견딘다. 화가는 멋진 그림을 그리기 위해, 음악가는 아름다운 곡을 작곡하려고 힘든 줄도 모르고 밤을 새우며 작업에 몰두한다.

위대한 예술은 자기를 잊는 이런 아름다운 몰두 속에서 탄생하는 것이다. 훌륭한 시인은 독자가 뭐라 하든 자신이 만족할 때까지 고치고 또 고친다. 우리가 쉽게 읽고 잊어버리는 작품들 뒤에는 이런 보이지 않는 고통과 노력이 담겨 있다.

정민

1960년 충북 영동에서 태어났다. 고등학교 때 처음 한시의 매력에 빠져 교과서와 참고서에 나오는 한시를 다 외웠다. 한양대학교 국어국문학과를 졸업하고, 거기서 박사 학위를 받았다. 현재 한양대학교 국어국문학과 교수로 재직 중인 저자는 옛글에서 큰 울림이 담긴 장면을 길어 올려 우리에게 깊은 통찰과 넓은 안목을 전하는 이 시대의 인문학자이다. 지은 책으로는 『비슷한 것은 가짜다』『한시 미학 산책』『정민 선생님이 들려주는 한시 이야기』 등이 있다.

세상의 기준과
내가 하고 싶은 일이 부딪친다면

이영진

'빵 굽는 물리학자', 내게 따라다니는 별명입니다. 나는 서울대학교 물리학과를 졸업하고 독일에서 물리학 석사를 마친 뒤 대덕연구단지에서 연구원으로 근무하고 있었습니다. 그러던 중 유학 시절 홈베이킹을 배웠던 아내가 집에서 빵 굽는 문화를 우리나라에도 전파해야겠다며 부업을 선언하고 나섰고, 나는 적극적으로 동의했습니다. 최선을 다해 돕기로 약속하고 근무 외의 시간을 이용해 도와주게 되었습니다.

아내가 빵 굽는 문화를 전파하기로 마음먹었던 데는 좋은 뜻이 있었습니다. 우선 집집마다 값비싸게 장만한 오븐이 제대로 활용되지 못한 채 전시용으로 전락한 것이 안타까웠습니다. 또 엄마의 정성과 사랑을 이해하지 못하고 어릴 때부터 모든 것을 돈으로 평가하려는 아이들의 모습을 보며 홈베이킹을 통해 우리 사회의 문화를 바꾸는 데 조금이라도 일조하고 싶다는 마음이 동기가 되었습니다.

이런 결심을 하고 주위의 동료 선후배들에게 의견을 물어보았습니다. 하지만 대부분 우리나라에서 그런 사업이 되겠느냐고 포기를 권유했습니다. 그러나 아내와 나는 이미 결심을 굳힌 상태라 주변의 우려 섞인 염려에도 사업을 시작했습니다. 예상외로 많은 주부들의 적극적인 호응을 받아 사업은 점점 성장하게 되었습니다.

1년 후 사업 시작 전 강하게 반대했던 한 분을 만났는데, 그는 "그때 다른 사람들 말을 듣고 시작하기도 전에 포기했다면 얼마나 안타까웠을까요? 강한 의지로 시작하신 게 정말 다행이라고 생각해요." 하고 말했습니다. 우리의 선택이 옳았다는 것을 확신할 수 있었지요.

그러나 사업이 커지면서 갈등도 함께 커져 갔습니다. 이미 규모가 커져 버린 사업은 아내의 힘만으로는 유지하기가 어려웠고, 함께 시작했던 내 도움을 절실하게 필요로 했습니다. 남들이 부러워하는 연구원으로 안정적으로 살아갈 것인가, 아니면 전혀 생소한 사업 운영에 뛰어들 것인가를 두고 나는 깊은 고민에 빠졌습니다.

이때 또 한 번 주위 사람들은 외적으로 인정받을 수 있는 연구소에 남는 것이 더 나은 길이라고 충고해 주었습니다. 그러나 나는 진정으로 하고 싶은 일이 무엇인지를 진지하게 고민한 끝에 과감히 직업을 바꾸었습니다. 연구원 생활을 버리고 빵 굽는 문화의 전도자가 되기로 결심한 것이지요.

지금도 사람들은 자주 묻습니다. 물리학 연구원으로 일하는 것이 더 낫지 않느냐고요. 하지만 나는 그때마다 이렇게 대답합니다. 아무도 가지 않은 길을 가고 그 길을 개척하는 것이 평범한 연구원으로서의 삶보다는 훨씬 재미있고 보람을 느낀다고 말입니다.

나는 아직도 내 꿈을 이뤄 가고 있는 중이라고 생각합니다. 우리나라의 더 많은 가정에서 엄마의 사랑으로 굽는 빵 냄새가 솔솔 흘러나오는 날이 오기를 꿈꾸고 기다립니다. 그리고 내 선택이 헛되지 않도록 최선의 노력을 다하고 있습니다.

우리는 진심으로 자신이 어떤 삶을 살고 싶은지, 어떤 길을 걷고 싶은지 진지하게 생각해 보아야 합니다. 세상의 기준만 좇아서는 진정으로 보람된 인생을 살기가 어렵습니다. 다른 사람들이 다 좋다고 말하는 대학에 가는 것도 좋지만 진정으로 내게 맞는 직업, 내가 하고 싶은 일을 선택할 수 있는 용기가 필요합니다.

그리고 자신이 진정으로 좋아해서 선택한 일이라면 과감하게 그 일에 자신을 내던지며, 그 길에 나의 흔적을 남기기 위해 인내하고 노력해야 합니다. 그러다 보면 아무도 가지 않은 길에 서서 참된 보람을 느끼는 자신을 발견할 수 있을 것입니다.

이영진

홈베이킹 전문 기업 '브레드가든'의 대표이다. 1995년 7평 남짓한 가게에서 홈베이킹 클래스를 운영한 것이 시작이었다. 사업의 규모가 커지면서 1997년 연구원 직함을 버리고 사업가로 변신했다. 단순히 홈베이킹 도구를 파는 데 그치지 않고 한국식 홈베이킹 문화를 성장시켰다는 평가를 받고 있다.

간절한 꿈을 이루기 위해
바닷길에 나서다

윤태근

나는 어렸을 때부터 겁이 많았다. 바다를 두려워했다. 누군가 나에게 바다를 좋아하느냐고 묻느냐면 당연히 "그렇소!"라고 대답할 것이다. 그런데 이 세상에서 가장 무서운 것이 무엇이냐고 묻는다면 그 대답은 "바다!"일 것이다. 편안한 바다가 좋지만 무서운 바다는 좋아하지 않는다. 그래서 언제나 안전한 육지에 서둘러 도착하고 싶어 했는지도 모른다. 날씨가 좋지 않을 때면 '위험에 처하지 않을까?' '상황이 현재보다 더 나빠지지 않을까?'라는 공포와 두려움이 앞섰고, 기상이 좋을 때는 어김없이 지루함이 찾아왔다. 장거리 항해에서 꼭 필요한 것이 바로 자연의 위대한 힘을 받아들이는 순수한 마음과 한없는 인내심이다. 이런 마음가짐이 갖춰진다면 마침내 목적지에 도착한다.

올해 5월 말에 둘째 아들이 입대하기 전에 세계 일주 항해를 마치고 들어올 계획이었다. 그러나 나는 일본 본토 남쪽의 지치지마에 도착해 있었다. 거기서 열흘째 대기했다. 필리핀에서 태풍이 발생했다는 기상 정보 때문이었다. 4~5미터 파도를 무릅쓰면 올 수도 있었지만 자연을 거스를 마음이 없었다. 이런 나를 아내는 겁쟁이라고 놀렸다. 상상하기를 잘하는 내가 마흔여덟 번째 내 생일에 단독 세계 일주를 위해 몰고 나간 38피트(약 11.58미터) 크기의 요트는 인트레피드호였다. '인트레피드*'라는 배의 이름을 짓느라 거의 한 달을 생각했다.

나의 성격과는 정반대로 내 배는 두려움을 모르는 강직한 배가 되기를 바랐다. 폭풍에 돛이 찢겨 나가도, 암초에 걸려 배가 바위 위에 올라타고 있었을 때도 굳건하게 버티어 주던 나의 애마이다. 내가 항해를 무사히 끝내기까지 행운을 갖게 된 것도 바로 인트레피드호 덕분이다. 그러기에 도착 당일 요트 협회로부터 받은 꽃다발을 인트레피드 선수에게 걸어 주었다. 이 항해는 결코 나 혼자 한 것이 아니기 때문이다.

• **인트레피드(intrepid)** 용감무쌍한, 두려움을 모르는.

중학교 시절에는 뗏목을 타고 태평양을 건너겠다는 꿈이 있었다. 태평양을 건너겠다고 나름대로 설계도를 그리며 내가 사는 지구를 한번 돌아보고 싶은 간절한 꿈이었다. 바다와 가깝게 지내면서 자연스럽게 저 먼바다 끝에는 무엇이 있을까 궁금하고 나를 설레게 했다. 아마도 누구나 바다를 보면 한 번쯤 어머니 품속과도 같은 바다를 배를 타고 가 보았으면 하는 꿈이 있지 않을까 생각한다. 그것은 어쩌면 인간 태초의 고향이 바다이어서가 아닐까? 간절한 꿈은 어떤 이유가 있어 꾸게 되는 것이 아니라 어느새 자연스럽게 자신의 한 부분이 되는 것이다. 나는 꿈을 간직하며 꿈에 가까이 가고 싶었지만, 현실은 40대 후반의 가장인 나에게는 세계 일주를 나설 이유보다 나서지 못할 이유가 더 많았다. 마주하는 현실과 부딪힐 때면 그 꿈을 포기하라고 했지만, 가슴속에 끓는 열정이 나를 바다의 세계로 나서게 했다. 처음의 충동을 끝까지 유지하는 자가 꿈을 이룬다고 했다. 현실과 꿈 사이를 수없이 오갔지만, 결코 내 속에서 꿈틀거리고 있는 열정을 식히지는 못했다. 오랫동안 품어 온 꿈이 현실이 되는 과정은 어렵고 힘들었지만, 나의 결정은 후회가 없었다. 하지만 40대 후반의 가장으로서 한국에 남겨진 가족에 대한 걱정과 1년 여정이 8개월 늘어남에 따라 생활 고충 때문에 배를 타국 현지에 두고 한국으로 돌아와 생계비를 벌고, 항해 자금도 충당하며 다시 항해하고 싶을 때도 있었다. 하지만 결국 나는 현실과 타협하지 않고 꿈을 향해 출발했고 온갖 어려움을 모두 이기고 세계 일주를 완주할 수 있었다.

윤태근

1962년 부산에서 태어났다. 소방관으로 사회생활을 시작했으며, 2003년 국내 최초로 '요트 딜리버리'로 일했고, 요트 수입, 판매, 운송 회사인 '마린코리아'를 설립했다. 2009년 10월 11일, 부산을 출발하여 20개월간 28개국 57,400킬로미터를 단독으로 항해하고 2011년 6월 7일 세계 일주를 마쳤다. 지은 책으로는 『요트 뱃길 지도를 그리다』『요트로 세계 일주 뱃길을 열다』 등이 있으며, 부산일보에 20개월간 세계 일주기를 연재하였다.

손이 되어 가는 발

고지마 유지

햄버거 속에 든 얇은 피클을 먹을 때면 생각나는 일이 있다.

사고가 난 지 약 한 달 반 만에 나는 아이치[愛知]현에 있는 시민 병원을 퇴원했다.

두 손을 잃고 나서 옷 갈아입는 것은 물론, 식사나 화장실 가는 것까지 모든 생활을 부모님께서 도와주셨다. 내가 무슨 말 한마디라도 하면 부모님이 바로 달려왔다. 마치 갓난아이로 되돌아간 듯한 생활이었다.

하지만 언제까지나 이렇게는 살 수 없다. 또한 어느 때든 부모님이 곁에 있을 수도 없다. 아버지는 회사에 가야 하고 어머니는 다른 형제를 돌보거나 집안일을 해야 한다. 어린 나이에도 그 정도는 막연하게나마 이해하고 있었다.

그래서 팔이 없어도 앞으로 혼자서 살아갈 수 있도록 퇴원하자마자 재활 센터에 다니게 되었다.

처음에는 그곳에서 2주 동안 어머니와 함께 지내며 재활 훈련을 하고, 다음부터는 아버지와 함께 한 달에 한 번 주기로 다녔다.

내가 다니게 된 곳은 집에서 차로 두 시간 걸리는 아이치현의 가스가이[春日井]시라는 곳에 있는 종합 복지 시설이었다. 그곳은 자치 단체 의료 시설로서 몸이 불편한 아이가 자립해서 살아가도록 지원하고 있었다. 내 수술을 담당했던 의사 선생님이 이 시설을 추천했다. 하지만 나는 그곳이 몹시 마음에 들지 않았다. 한 달에 한 번 그곳에 가는 날은 마치 우중충한 하늘 같은 기분이었다. 호기심 왕성하고 밖에 나가 놀기를 좋아한 내가 처음으로 우울하다는 감정을 느낀 것도 그곳이었다.

시설 선생님은 매번 똑같이 내 팔을 무표정하게 쳐다보며 차가운 손으로 만졌다.

"유지, 여기 아프니?"

여기라고 말한 곳을 싫어도 봐야 했다. 평소에는 절대로 보지 않고 잊은 척을 하고 있던 프랑켄슈타인 같은 손을 말이다.

"네, 아파요."

붉게 부어오른 어깻죽지, 그것이 내 것이라고 생생히 보여 주는 바람에 기분이 나빠진다. 한시라도 빨리 집에 가고 싶었다. 가끔 이상한 기구를 달기도 하고, 뢴트겐°이나 주사로 검사도 받아야 했다. 그 건물 안에서 하는 일은 어느 것 하나 마음에 들지 않았다.

그런 내 마음을 아셨는지 아버지는 시설에 가는 날에는 꼭 "햄버거 먹으러 가자."라고 했다. 내가 좋아하는 패스트푸드점에 들러서 햄버거와 감자튀김, 콜라를 사 주셨다. 어머니는 패스트푸드 종류를 사 주지 않기 때문에 이때는 아버지와 나만의 조금 비밀스러운 시간이었다. 햄버거에는 항상 피클이 들어 있었다. 나는 온 입안에 퍼지는 신맛이 싫어서 햄버거를 먹을 때 빼서 먹여 달라고 했다. 그리고 눈 깜짝할 사이에 햄버거와 감자튀김을 해치우고, 쟁반 위에 남은 음식이라곤 피클뿐일 때가 그 우울한 재활 시설에 갈 시간이었다.

• **뢴트겐** 감마선과 자외선의 중간 파장에 해당하는 전자기파.

복지시설에서 의수(義手)°를 만든 적도 있었다.

새하얀 방에 남자 몇 명이 들어와서 내 어깨를 잡더니 미끄덩거리며 걸쭉한 액체 속에 남은 팔을 집어넣었다. 그 자세 그대로 몇십 분이나 움직이지 말고 참으란다. 그동안에는 아무것도 못 하고 액체가 굳기를 잠자코 기다려야 했다. 마치 인조인간 실험대 위에 누운 기분이 들어 겁이 나서 몇 번이나 비명을 질렀다.

그렇게 해서 만든 고무 의수였지만 어린 나는 결국 쓰지 못했다. 지금은 기술이 발전해 전기로 손가락을 움직이거나 미세한 동작을 하는 의수도 있지만, 당시의 그것은 무겁고 거추장스러운 장식품일 뿐 오히려 불편했다. 주위에 '손'이 있는 것처럼 보인다고 해도 정작 아무것도 할 수 없는 '손' 따위는 내게 필요 없었다. 어린 마음에 부리는 허세도, 무엇도 아니라 그저 그렇게 생각했다.

그렇다면 어떻게 하지?

앞으로 나는 평생 다른 누구에게 밥을 먹여 달라고 해야 하나? 학교에 가도? 사회인이 되어도? 어른이 되어도 혼자서는 패스트푸드점조차 못 간다고? 말도 안 된다.

•**의수** 손이 없는 사람에게 인공으로 만들어 붙이는 손.

그 걱정은 부모님이 훨씬 강했다. 부모님은 여러 번 의논한 끝에 내 발이 손과 같아지도록 훈련시키기로 결론을 냈다.

어느 날, 아버지는 비장한 얼굴로 내 앞에 숟가락 하나를 놓았다.

"이 숟가락을 오른발 발가락으로 집어서 들어 보아라."

들어 보아라……. 물론 나는 알았다고 했다. 그것이 마지막 수단이라는 것을 마음속 어딘가에서 깨달았다. 내 발은 발의 본분에 손의 몫까지 모두 해야 한다는 사실을!

그날부터 내 오른발은 숟가락을 들었다.

나는 오른발잡이였기 때문에 오른발 엄지와 검지 발가락을 아래위로 벌려 숟가락 손잡이를 끼우듯이 잡았다. 만약 지금 당신 곁에 숟가락이 있다면 직접 해 보길 바란다. 그 숟가락으로 음식을 떠서 입까지 가져가 보길 바란다.

할 수 있는가? 쉽지 않을 텐데. 만약 '됐다!'라고 생각한 순간 다리에 쥐가 날지도 모른다. 발을 손처럼 쓴다는 것은 간단하지 않다. 발가락으로 숟가락을 쥐기는 해도 그것을 자기 생각대로 움직여 밥을 뜨거나 입으로 가져가기는 쉽지 않다. 생각만 해도 아찔한 일이 기다리고 있다. 재미있을 리 없다. 굳게 각오하고 도전했지만 힘들어서 여러 번 팽개쳤다. 발가락들이 익숙하지 않은 움직임에 아우성이다. "이봐, 유지. 내가 이러려고 있는 줄 알아? 터무니없는 일 시키지 마!"라며 내게 화내는 것 같았다.

"이제 안 할래요. 전처럼 먹여 주세요!"

몇 번이나 울며 애원했다. 하지만 아버지도 어머니도 사고 직후 내가 한마디만 하면 뛰어오던 때와는 완전히 다른 사람이었다.

"연습하기 싫니? 너 혼자 못 하겠으면 밥 안 먹어도 된다."

그렇게 말하면 어쩔 수 없다. 할 수밖에 없다. 나는 밥을 먹고 싶다. 사람은 먹지 않으면 살아갈 수 없으니까!

밥, 달걀 프라이, 국, 샐러드를 숟가락으로 떠서 입으로 가져가는 연습을 했다. 수없이 흘리고, 수없이 다리에 쥐가 나고, 아픔이 가실 줄 몰랐다.

하지만 연습이란 굉장하다.

징징거리면서도 점점 나 혼자서 밥을 먹을 수 있게 되었다. 얼굴 어디에도 숟가락을 부딪치지 않고(처음에는 눈이나 코에도 밥을 먹였다) 자연스럽게 입에 음식을 가져갔다.

"우아! 유지, 혼자서 밥을 먹을 수 있잖니."

숟가락으로 깔끔하게 밥을 먹은 날 부모님은 함박웃음을

지으며 기뻐했다.

생각해 보면 그것이 '홀로서기'의 첫걸음을 내디딘 날이었다.

지금 당신이 읽는 이 문장도 엄지발가락으로 컴퓨터 자판을 쳐서 쓴다. 그 옆에는 커피가 든 컵이 놓였고, 집필하는 틈틈이 발로 들어서 마신다. 그리고 그때를 떠올린다. 그때 부모님이 엄하게 하지 않았다면 지금 이렇게 다양한 일에 도전하는 나는 존재하지 않을 것이다. 아버지와 어머니하고는 지금도 종종 말다툼을 하지만 마음으로 감사하지 않은 적은 하루도 없다.

고지마 유지

1980년 일본 아이치현에서 태어났다. 4세 때 갑작스러운 교통사고로 두 팔을 잃었다. 이후로 발을 손처럼 쓰기 위해 훈련을 했고 이제는 식사부터 일상생활의 대부분을 발로 해결한다. 나고야 외국어대학 재학 중 호놀룰루 마라톤에 출전하여 완주하였으며, 뉴질랜드 유학을 계기로 교사가 되는 꿈을 가졌다. 대학원을 졸업하고 미국과 캐나다에서 유학하였으며, 귀국하여 중학교에서 기간제 교사로 일하며 교원 임용 시험에 도전했다. 마침내 2007년, 두 번의 실패 뒤에 합격의 기쁨을 맞았다.

지금 네 심장이 하는 말,
꿈은 반드시 이루어진다는 소망!
믿고 끝까지 달려

홍지민

늦은 시간까지 혼자 연습실에서 땀 흘리고 있는 지민!

너의 뚝심 있는 작품 선택 축하한다. 『드림걸즈』 무대에서 「Listen」을 부르겠다던, 기회가 오면 놓치지 않겠다던 약속 결국 지켰네. 공연까지 이제 한 달, 그런데 너 많이 지쳐 보인다. 시간이 지날수록 부족한 실력이 눈에 들어오고 너란 사람이 '에피' 역할을 잘 해낼 수 있을지 무섭고 두렵지?

뭐야, 너 혹시 지금 후회하고 있는 거야? 세상에 쉬운 일도 없고 무슨 일이든 단계를 거쳐 위로 올라가야 한다는 사실 누구보다 너는 잘 알잖아.

자기가 진정으로 원하는 일이 무엇인지 늘 살피는 네가 어렵게 선택한 공연은 세 소녀의 꿈과 쇼 비즈니스 세계에 관한 이야기, 바로 네가 몸담고 있는 세계의 이야기잖아.

서울예술단 시절 물동이 지는 아낙 역을 할 때도 너는 주인공처럼 연습하고 노래했어. 그 당시만 해도 라이브는 주인공만 하고 앙상블인 너는 립싱크를 해야 해서 면봉을 검은색으로 물들여 보자기 사이에 내려오게 하고 이마에 마이크처럼 보이게 착용했던 일 생각나니?

너 지금 생각해 봐도 너무 웃기다. 선배들은 그런 널 보고 겉멋만 들어 큰일이라며 "저거 뭐 되려고 저러지?" 하며 한걱정했고 말이야. 그러면서 넌 '언젠가 나도 꼭 주인공이 돼서 반짝반짝 빛날 거야!' 다짐하곤 했잖아. 그리고 누구보다 꿈을 위해 열심히 연습했잖아. 지민! 반짝이던 너의 눈빛을 다시 찾아야지.

나는 지금도 원하는 작품이 생기면 꿈의 노트에 적어 놓고 그 꿈이 이뤄지길 간절히 소망하지. 미리 준비하고 행동에 옮기는 너의 태도를 난 높이 평가해. 국내에 『드림걸즈』가 들어오기도 전, 미래의 오디션을 염두에 두고 노래 연습하던 열정은 어디 간 거야? 좋아서 엉덩이춤이라도 춰야 할 판에 창백한 얼굴빛을 하고 있다니.

혹시 작업에 들어간 드라마 스케줄과 오디션이 겹칠까 봐 전전긍긍하며 제작사에 전화하길 여러 번, 최종 오디션 날 작곡가 헨리 크리거 할아버지가 테이블 사이로 살짝 엄지손가락을 치켜들었던 그 순간, 심장이 터질 것 같던 그날의 감동을 떠올려 봐.

『드림걸즈』공연을 두고 많은 사람이 반대했지. 가족은 물론 선생님들, 너를 아끼는 선후배 모두 인지도를 위해 텔레비전 출연 횟수를 늘리라고 충고했어. 기회가 왔으니 잡으라는 말과 함께.

2년을 기다려 온 작품을 사람들이 반대하자 너는 깊은 고민과 고통에 빠졌지. 하루는 원하는 꿈을 찾아 뮤지컬을 선택하고, 하루는 작아진 모습으로 현실 뒤에 숨어 안 하겠다고 다짐하고 그것을 수백 번씩 반복하며 너무나 괴로운 나날을 보냈잖아. 하지만 결국 넌 네 마음에 귀 기울였고 네가 진짜 하고 싶은 일을 하기로 했잖아. 그리고 잘할 수 있을 거라고 확신했고 정말 열심히 연습했어.

그런데 지금 너의 선택이라는 이유로 그 가파른 여정을 혼자 끙끙 앓으며 가는 모습을 보니 너무 안타깝다. 왜 모든 걸혼자 해결하려고 하는데? 『드림걸즈』는 너의 나태함을 단번에 날려 준, 배우 홍지민의 한계와 가능성을 뚜렷하게 알게 해 준 완벽한 작품이야.

한계가 보이면 당연히 연습 과정은 혹독해질 수밖에 없어. "그것 봐, 내가 그거 하지 말라고 했잖아." "내 그럴 줄 알았다. 이제 후회하면 뭐 하냐." 이런 소리가 듣기 싫어서 아무에게도 지금의 힘든 과정을 나누지 않는 거니? 아무도 네 선택에 대해 더 이상 뭐라고 하지 않아. 너는 네 선택에 대해 변명하지 않아도 돼. 왜? 넌 네 심장의 소리에 귀 기울였을 뿐이니까.

배우로서, 인간으로서 숨 쉴 곳이 없다 느껴져서 분장실 구석에 쪼그려 훌쩍이는 나의 친구야, 잘해야 한다는 강박에서 제발 벗어나렴. 당장 전화를 걸어 누구에게든 네 고민을 털어놔. 네 마음을 보여 줘 봐. 널 아끼는 사람들이니 네 말에 귀 기울이고 따뜻하게 안아 줄 거야.

옛 마산 집에 낡은 책이 빼곡하던 책장 기억나니? LP 전축을 틀어 놓고 아빠 발등에 네 발을 올려놓고 블루스 추던 거 기억하지? 무대 엔딩 때마다 아빠를 생각하면 그리움과 함께 힘이 솟잖아. '아빠에게 나의 무대를 한 번이라도 보여 드렸으면…….' 배우는 오직 관객의 사랑과 박수를 먹고 성장하는데 그 사랑과 영원한 박수를 받기 위해 땀 흘리는 네 모습을 보면 분명히 멋지다고, 우리 막내딸 장하다고 아빠는 너무 좋아하실 거야.

자기의 부족함을 조금씩 채워 나가는 사람처럼 행복한 사람이 또 있을까? 실력이 마음에 안 들면 연습하고 연습하고 또 연습하면 되지 뭐. 극단 매표소에 앉아 수능을 준비할 때도 서울예술단 시절 공연을 하면서 틈틈이 학교 공부를 할 때도 너는 주위의 시선 따윈 의식하지 않았잖아. 악보 보는 법을 몰라서 피아노 학원에 등록해 어린 꼬마들과 건반 연습도 했지.

신참의 유난스러운 연습으로 불편했을 선배들이 따가운 질책과 구박을 줘도 너는 여유로운 유머로 받아들였어. 힘들었지만 꿈이 있었기에 그 힘든 과정도 즐길 수 있었잖아.

그런 시간들이 너를 지금 이 자리까지 이끈 거야. 지금의 네가 미래의 나를 만드는 것처럼. 마냥 성격 털털해 보이는 홍지민이 무대만 오르면 손이 차가워질 정도로 울렁증이 심하다는 걸 누가 알까? 그 덕에 너는 어릴 때부터 '연습이 진리'라는 걸 알았으니 울렁증은 고마운 선물이지.

새로운 실수와 실패를 두려워하면 배우로서 성장이 멈추는 거야. 단점이 있다면 그걸 넘어서기 위해 두세 배 노력하면 되지 뭐. 예술단 시절 두성을 사용하지 못해 자주 목이 쉬던 너는 내추럴한 보이스를 고집하며 말하는 것처럼 노래를 표현하기 위해 노력했어.

그때 어설프게 누군가를 부러워하고 흉내 냈다면 지금 뮤지컬 무대에서 주역으로 뛸 수 있었을까? 음역대의 자유를 찾기 위해, 노래와 연기에 대한 굶주림 때문에 지금도 레슨을 받고 유난스러워 보일 정도로 에피 역에 몰두하는 너!

얼마 전, 브로드웨이 『드림걸즈』 공연을 보러 갔다가 부끄럽지만 온몸에 전율을 느끼며 눈물을 펑펑 흘렸잖아. 가발이 눈을 가리는 게 너무 싫어서 내가 습관적으로 머리카락을 뒤로 넘겼는데, 에피 역을 맡은 배우가 그걸 그대로 따라 하는 거야. 아주 간단하고 짧았지만 내가 직접 만든 안무 동작을 무대에서 브로드웨이 배우들이 똑같이 하는 것을 보고 얼마나 가슴이 뜨거웠는지 몰라.

지민아, 너의 선택은 잘한 일이야. 작곡가 헨리 크리거 할아버지가 너만을 위한 곡을 써 주겠다고 약속까지 했어. 전례에 없는 일이고 영광스러운 일이야. 훗날 자신의 선택이 잘못되었다고 후회하는 후배가 있으면 네 이야기를 꼭 건네줘. "모든 일은 지나가고 그 노력의 흔적으로 지금의 내가 있다."

미래의 너는 학생들을 가르치는 좋은 선생을 꿈꾸며 공부하고 있어. 현장을 경험하고 실기와 이론이 겸비된 좋은 선생이 되기 위해 하루하루 감사하는 마음으로 행복한 에너지를 뿜어내며 지내고 있지.

기억 안 나? 일기장과 각종 대본마다 천하의 홍지민이라고 적어 놓았잖아. 아무래도 너는 자신감을 가질 때가 가장 멋져 보여.

천하의 홍지민 파이팅!

미래의 지민이.

홍지민

뮤지컬 배우로서 2009년 뮤지컬 『드림걸즈』에서 개성 있는 에피 연기로 대한민국 뮤지컬 위상을 높였다고 평가받았다. 이 작품으로 제15회 한국 뮤지컬 대상 여우주연상을 받았다. 이후 뮤지컬 『캣츠』『넌센스』『메노포즈』, 드라마 『온에어』『나는 전설이다』를 비롯해 CF와 영화까지 폭넓은 무대를 누비고 다녔다. 골든티켓 어워즈 뮤지컬 부문 티켓파워상, 제4회 대구국제뮤지컬페스티벌 올해의 스타상을 받았다.

살살이꽃은 한순간도 춤추기를 멈추지 않는다

김인선

가을 들녘으로 나섰다. 집에서 승마장으로 오가는 길 차창 밖으로 가을 풍광은 깊어 갔지만 잠시도 그 곁에 멈춰 서지 못했었다. 길에서 제일 먼저 만난 살살이꽃*과 인사했다. 이토록 어여쁜 너희들과 이제야 눈을 맞추다니 가을에 잠시 나타난 여행자여! 가을의 전령 살살이꽃은 한순간도 춤추기를 멈추지 않는다.

벼의 색깔이 변해 가는 풍경을 먼발치로만 보았는데 가까이 다가가니 벼 이삭, 잎, 줄기 색이 다 다르다. 이토록 아름다웠던가. 벼의 내음은 또 얼마나 그윽한지 흐음…… 하고 냄새

•**살살이꽃** 코스모스꽃의 우리말 이름.

를 들이마시는 내 모습이 꼭 말이 하는 행동과 같다는 생각이 든다. 말과 지낸 세월이 날 그리 만들었다.

세상에는 참 많은 길이 있고 승마에도 많은 길이 있다. 이런저런 갈림길에 서서 헤매느라 순탄하지만은 않았으나 지금은 잠시 편안한 길에 접어들었다. 길 위에서 간간이 다른 승마인들의 근황이 들려오는데 애타는 사연이 많기도 많다. 말 있는 곳에 탈이 많으니 어디선가 애마와 사랑에 빠진 승마인의 슬픈 러브 스토리는 오늘도 현재 진행형이다. 마장주가 제대로 먹이지 않아 말 사료를 어디서 사느냐 묻는 이부터 말이 다치거나 아파서 그 고통을 마음으로 함께하며 어서 쾌유하기를 기다리는 이들과 피치 못할 사정으로 애마를 먼 곳에 맡겨 놓았는데 일을 많이 시켜서 고생하는 애마를 보고 가슴이 미어지는 말 엄마도 있었다. 꼭 『레 미제라블』에 나오는 비운의 모녀 코제트와 팡틴 같기도 하다. 또 인근 주민의 민원으로 마장 운영에 어려움을 겪는 승마인의 애환도 굵직한 사연이었다.

이들은 모두 말이 너무 좋아서 말 엄마나 아빠가 된 승마인이다. 하지만 승마의 현실은 아직 승마인의 마음을 못 따라가서 이런저런 마음고생 할 일들이 늘 빚어진다. 말을 놓아 버리고 승마를 관두면 될 것 같은데 몇 해가 지나도 내 주변엔 그런 분들이 거의 없고 말과 현재 진행형으로 살아가고 있으니 승마인이 아니라면 도저히 이해 못 할 일임이 분명하다.

말이란 존재는 살아가면서 쉽사리 상처받는 우리 인간과 참 닮았다. 태생적으로 불안과 공포를 가진 말은 사람을 태워야 하는 삶의 조건 때문에 날마다 마음에 새로운 상처를 더하며 살아간다. 거역할 수 없는 삶의 운명에 순응하느라 상처받은 사람이 말을 통하여 치유의 빛을 발견하는 순간 말과 함께라면 새로운 상처가 생긴다 할지라도 이미 연결된 말과의 인연의 끈은 놓지 않게 된다. 그 인연의 끝이 어디일지 아무도 모르지만 말의 순수한 눈망울을 바라보며 희망을 품는 이들이 말을 사랑하는 승마인이 아닐까 생각해 본다.

"눈물 젖은 빵을 먹어 보지 않은 자는 인생을 논하지 마라!"라고 했던가.

말 때문에 마음 아파 눈물 흘려 보지 않았다면 승마의 깊은 맛을 온전히 느끼지는 못하리라.

말의 눈에서 아픔과 고통을 느끼고서 내 안이 파르르 떨리며 쓰라린 경험이 있는 사람과 없는 사람이 말 등에서 느끼는 오감의 차원은 달라도 많이 다르기 때문이다. 소금은 짜디

짜지만 음식에 들어가면 단맛을 더욱 달게 느끼도록 하는 이치일 것이다. 나 또한 과거에 말에게서 아무런 아픔을 느끼지 않고 승마를 했을 때와 깊은 연민을 알고서 승마를 했을 때, 즐거움과 감동의 깊이가 달랐다.

황금빛 들녘 사이로 가을 정취에 빠져 정처 없이 걷다가 너무 멀리 왔나 싶어 문득 걸음을 멈추었다. 뒤돌아보니 부드러운 햇살을 품은 해도 뉘엿뉘엿 저물어 간다. 아이들을 어서 마방에 들여놔야겠다. 저 멀리 말 울음소리가 들린다. 칸타빌레다. 뒤이어 깐돌이 소리도 들린다. 필시 저녁 식사 시간이 되어 사료 수레가 돌아다니는 기척을 알아채고 얼른 마방으로 보내 달라는 부름이다.

지금도 애마는 나를 부른다.

언젠가 첫 애마 바람이가 나지막이 나를 불러 주었듯이.

말을 향해 걷는 나의 발길처럼 살살이꽃은 한순간도 춤추기를 멈추지 않는다.

오늘도 어딘가에서 애마와 함께 살아가는 모든 순수한 승마인에게 행운과 축복이 감싸 주기를 간절히 바란다. 호조니!(당신이 가는 길이 아름답기를!)

김인선

1967년에 태어났으며, 2003년에 승마를 시작했다. 현재는 김포의 어느 승마장에서 암말 칸타빌레와 수말 깐돌이, 엘도라도를 종을 넘어선 한 가족으로 여기고 남편과 함께 기른다. 저자는 오랜 세월을 말과 함께 지내면서 아픈 말을 돌보기 위해 밤을 새우기도 하고, 사랑하는 말을 떠나보내면서 아픈 과정을 겪기도 했다. 지은 책으로 『우리는 지금 유니콘의 숲을 거닐고 있다』가 있다.

3부

내 인생의 길잡이

「내 인생의 길잡이」에서는 자신의 삶에 큰 영향을

미친 사람들에 대한 이야기를 만날 수 있다.

더 넓은 세상을 만나게 해 준 사람들과의 인연은

삶의 소중한 지표가 된다.

음악 인생, 삶의 나침반

임헌정

　인생을 살면서 여러 사람을 만나게 됩니다. 그러한 수많은 '만남'이 좋은 영향력을 끼치기도 하고 나쁜 영향력을 행사하기도 하죠. 그 여러 만남 중에서 음악 인생의 시작이 될 수 있는 만남이 무엇이냐고 묻는다면 망설임 없이 고(故) 이남수 선생님을 이야기할 수 있습니다.

　대학교 2학년 즈음이었습니다. 당시 서울대 음악대학이 위치한 을지로6가의 캠퍼스를 작곡과 친구와 거닐고 있을 때였습니다. 지휘과 교수였던 이남수 선생님께서 저희를 보고는 대뜸 학교에서 공연 예정인 오페라 「라 트라비아타」의 합창단으로 참석하라고 하셨습니다. 저는 다른 고민 없이 바로 "네,"

라고 대답했습니다. 그렇게 시작된 선생님과의 인연으로 「라 트라비아타」에서는 귀족과 투우사가 되었고, 「돈 조반니」 무대 위에서는 악사로 출연하게 되었습니다.

그러던 어느 날 오페라 「라 보엠」의 부지휘자(연습 지휘)로 오페라 지휘를 처음 해 보는 것이 어떻겠냐는 기회를 주셨습니다. 원주중학교의 밴드부와 대광고등학교의 현악부 첼로연주를 하던 시절, 가장 선배였던 제가 대신 연습을 시킨 적이 있었습니다. 그러다 음악대학 작곡과에 들어와 작품 발표회와 서클 활동을 하며 자연스럽게 지휘하는 사람으로 낙인찍히게 되었으니 선생님의 부름으로 저도 모르게 지휘자의 길로 들어서게 된 것입니다.

오페라 연습이나 오케스트라 연습이 끝나면 자연스레 술자리가 생겼고, 우리들의 화제는 역시나 음악과 학교였습니다. 그러다가 밤이 늦어지면 선생님 댁에서 잠을 잔 적도 있고, 다시 아침 일찍 학교로 가서 오페라 연습을 하다가 「라 보엠」의 미미가 죽는 장면에서 눈물을 흘렸던 기억이 지금까지도 생생합니다. 선생님과 함께한 이 모든 추억들이 음악가의 길로 걷게 하고, 음악가의 자세로 자연스레 스며들 수 있게 해 주었습니다. 그 순간 속에서 이남수 선생님의 배려와 관심이 저를 이곳까지 이끌어 준 것 같습니다.

선생님은 지휘자로 제가 무대에 설 수 있도록 많은 도움을 주셨습니다. 대학생 때 선생님의 추천으로 어린이 회관의 산하 단체인 서울소년소녀교향악단의 지휘를 맡기도 하였습니다. 미국으로 유학을 떠날 때는 선생님 여동생의 도움으로 비자를 받을 수 있었습니다. 비행장을 나설 때는 혹시 모를 비상 상황이 있을 수도 있다면서 성냥갑에 친구분의 연락처를 적어 손에 꼭 쥐여 주기도 하셨습니다. 물론 힘든 유학 시절에 많은 도움도 주셨습니다.

저는 1985년 30대 초반의 젊은 나이에 서울대 음악대학 전임 교수가 되었습니다. 서울대 음악대학은 1학년, 2학년, 3~4학년 오케스트라로 나뉩니다. 그런데 몇 년 지나지 않아 선생님은 본인이 1학년을 맡으시고 3~4학년 오케스트라를 제가 맡게 해 주셨습니다. 항상 학교와 음악계를 생각하고 후배, 제자들을 위해 기회를 주고 배려하는 모습을 보이신 선생님을 모든 학생들이 좋아하고 따랐던 건 당연했습니다.

1994년에는 '6인 지휘자 초청 연주회'라는 이름으로 당시 국내 유명 교향악단의 상임 지휘자와 중견 지휘자가 된 제자들이 선생님과 함께 예술의 전당 무대에 섰습니다. 이남수 선생님이 30년 동안 봉직해 온 서울대학교 음악대학 정년 퇴임을 기념하는 자리였던 그 무대에 저를 비롯하여 박은성, 강수일, 금난새, 정치용 지휘자가 함께해 예술의 전당 음악당에서 서울대 음악대학 동문 교향악단을 지휘하기도 하였습니다. 그 뒤 선생님이 돌아가시고 1년이 지난 후, 저의 지휘로 모테트합창단과 함께 추모 음악회를 했던 기억도 있습니다.

지금도 이남수 선생님은 저에게 아버지 같은 분이십니다. 저에게 '음악가로서 어떻게 살아가야 하는지'를 몸소 보여 주신 분이기도 합니다. 정갈하고 타협 없이 살아가는 선생님의 모습을 옆에서 보는 것만으로도 큰 교훈이 되었습니다. 지금도 학생들을 가르칠 때나 지휘를 할 때면 그분을 떠올립니다. 음악계의 발전을 위해 고민하고, 무엇이 국가와 한국 음악계에 도움이 되고 헌신하는 길인가를 위해 생각하고 실천하는 삶을 살아온 분입니다.

교육자로서 음악가로서 제 삶의 롤 모델이자 삶의 지침서가 되어 주신 이남수 선생님. 지금은 곁에 계시지 않지만 그분과의 만남이 저를 이끌어 주고 있는 나침반입니다. 저 역시 제자들이나 후배들에게 그런 모습으로 남고 싶습니다.

임헌정

1974년 제14회 동아음악콩쿠르의 대상 수상자 중에 유일하게 작곡 부문에서 수상한 음악인이다. 서울대 음악대학 졸업 이후 미국 메네스 음악대학과 줄리아드 음악대학에서 작곡과 지휘를 공부하였고, 1985년 귀국과 동시에 서울대학교 음악대학 작곡과 지휘 전공 전임 교수로 임용되어 현재까지 32년째 재직 중이다. 1989년부터 25년간 부천필하모닉오케스트라 상임 지휘자를 역임하였으며 2014년부터는 코리안심포니오케스트라 제5대 예술 감독 겸 상임 지휘자로 취임해 한국 교향악단의 새로운 역사를 만들어 가고 있다.

힘이 되는 칭찬 한마디, 그 덕분에……

이루마

많은 분들이 제가 외국에서 음악 공부를 할 수 있었던 것에 대해서 부럽게 생각하시거나 큰 행운이었다고 말씀하십니다. 물론 저도 그렇게 생각합니다.

부모님께서 저를 유학 보내실 때 부모님 친구분들도 잘 생각했다고, 한국에서 공부시키려면 더 많은 돈이 든다고 하셨대요. 하지만 문화와 환경이 다른 곳에서 생활한다는 것은 저에게 큰 고통이기도 했습니다.

천재적인 재능을 가진 친구들 속에서 살아남아야 했고 그 속에서 저의 정체성과 가치를 재발견해야 했으니까요.

그럼에도 불구하고 제가 유학 생활을 무리 없이 할 수 있었다면 그 몫의 절반은 부모님과 누나들의 보살핌과 사랑 때문이었고 나머지 절반은 저를 아끼고 북돋워 주셨던 선생님들 덕분입니다.

기억에 남는 선생님 몇 분 중 빈든 선생님이 계십니다. 퍼셀 스쿨 오디션 때 저에게 "다른 악기를 연주해 볼 수 있냐?"고 하셨던 그분이세요. 알고 보니 제게 「갈매기」를 부르게 만든 빈든 선생님은 학교 합창단 지휘자셨더라고요(전 합창단에서 테너 파트였는데, 목소리가 높고 고와서 싱어가 되는 게 아니냐는 소리도 적지 않게 들었답니다). 선생님은 일본에서 오랫동안 음악을 가르치셨고, 부인이 일본인 피아니스트셨어요. 그래서인지 학교에서 유일한 동양 아이였던 저를 많이 아껴 주셨답니다.

선생님은 한국어가 일본어와 비슷할 거라 생각하셨나 봐요. 가끔 일본어로 저에게 말을 거시곤 하셨는데 저야 당연히 알아듣지 못했죠. 그러면 선생님은 그제야 싱긋 웃으면서 미안하다고 하셨어요. 그 선생님께 많은 것을 배웠지만 선생님께 받은 가장 큰 것은 '용기'였답니다.

다른 아이들보다 피아노 실력이 뛰어나지 못해서 의기소침해 있던 저에게 "루마는 귀가 좋다."고 여러 번 말씀해 주셨거든요.

전 그 얘기를 들을 때마다 항상 스스로에게 말했어요.

"그래, 난 다른 사람들보다 귀가 좋아. 연주는 아니더라도 귀가 좋아. 듣는 건 잘할 수 있어."

한국에서 방송국 어린이 합창단으로 활동할 때도 지휘자 선생님이 종종 그런 말씀을 하셨어요. 배도 나오고 나이가 좀 있으신 분이셨는데, 저한테 항상 귀가 좋다고 말씀해 주셨답니다.

언제부터인가 선생님들께서 '귀가 좋다' '잘 듣는다'고 하시니까 저도 그렇게 믿게 됐어요.

설사 그게 사실이 아니더라도 귀가 좋다고 하니까 남들이 연주할 때 더 세심하게 듣게 되고, 항상 연주하면서 강약 조절에도 신경 쓰게 되고, 다른 친구들이 건반을 잠깐 누르고 뗄 때도 한 번 더 눌러 보고, 이것저것 혼자 피아노를 가지고 시도를 하다 보니 저 스스로 음악에 대한 어떤 느낌을 가지게 된 것 같아요.

그런 시절이 있었기에 대학에서 다른 친구들과 달리 작곡을 전공했고 피아노 실력이 월등히 뛰어나지는 않지만 저만의 느낌으로 곡을 쓰고 그 곡의 느낌을 살려서 연주할 수 있게 되었죠.

모든 면에는 이면이 있는 거잖아요. 한쪽에 빛이 있으면 다른 쪽엔 그림자가 있는 것처럼.

하지만 선생님들께서는 피아노를 썩 잘 치지 못하는 저의 그림자를 보시기보다 소리를 잘 듣는 저의 밝은 면, 청음 감각을 봐 주셨기 때문에 저는 포기하지 않을 수 있었고, 더 쉽고 대중적인 음악을 만들 수 있게 된 것 같아요.

이루마

작곡가 겸 피아니스트이다. 5세부터 피아노를 배우기 시작하여 11세에 영국 유학길에 올라 유럽 음악 영재의 산실인 퍼셀 스쿨에서 작곡 및 피아노 최고 연주자 과정을 졸업했다. 이후 2001년 런던대학교 킹스 칼리지 졸업 후 한국으로 돌아와 발매한 첫 정식 앨범 『Love Scene』으로 대중과 음악계에 큰 관심을 받기 시작했다. 사람들에게 힘이 되고 위로가 되는 음악으로 국내뿐 아니라 해외에서도 사랑받는 아티스트로 활발한 활동을 이어 가고 있다.

내 인생 최고의 선생님

유린

    동철은 유명한 프로팀의 야구 선수가 되면서 텔레비전에 출연하는 일이 많아졌습니다. 지난해 신인상을 받은 이후에는 스포츠 관련 프로그램뿐만 아니라 토크쇼에서도 출연 요청을 해 왔습니다.

    지난 스승의 날에는 한 방송사의 토크쇼에 초대를 받았습니다. 그날의 토크 주제는 '내 인생 최고의 선생님'이었습니다. 미리 방송 대본을 받아 본 동철은 학창 시절로 거슬러 올라가 기억을 더듬어 보았습니다. 별로 망설일 것도 없이 선생님 한 분이 떠올랐습니다. 바로 중학교 3학년 때 담임 선생님이었습니다.

중학교 시절 동철은 야구밖에 모르는 학생이었습니다. 야구부라는 이유로 수업에도 자주 **빠졌는데**, 선생님들은 "동철인 야구부니까."라면서 별 간섭을 하지 않았습니다.

하지만 반 친구들이 야구부라며 동철을 따돌릴 때는 섭섭한 마음이 들었습니다. 그럴 때면 가끔은 자신도 다른 아이들처럼 교실에서 똑같이 수업을 받으며 평범한 학창 시절을 보내고 싶다고 생각했습니다.

그러던 어느 날, 담임 선생님의 과목인 국어 시간이었습니다. 그나마 오전 수업이라 들을 수 있었습니다.

선생님은 아이들에게 돌아가면서 발표를 시켰습니다. 선생님이 주제를 주면 호명된 아이는 앞으로 나가 칠판에 짧은 글짓기를 하는 것이었습니다. 말 그대로 아이들이 모두 싫어하는 공포의 시간이었습니다. 몇 명이 어눌하게 글짓기를 한 다음, 갑자기 선생님이 맨 뒷자리에 앉은 동철을 불렀습니다.

"그래, 이번엔 동철이가 한번 해 볼까?"

동철은 화들짝 놀랐습니다. 선생님들이 야구부 학생에게 발표를 시키는 경우는 거의 없었기 때문입니다. '왜 하필 나야?' 하고 생각했습니다. 동철은 불만이 가득한 얼굴로 자리에서 일어나 앞으로 나갔습니다. 선생님은 동철에게 '가을' 이라는 주제를 주었습니다.

　다른 아이들과 달리 동철은 글짓기를 거의 해 본 적이 없었기 때문에 당황했습니다. 동철은 칠판 앞에 한참이나 서 있었습니다. 드디어 겨우 한 글자씩 써 내려가는데, 뒤에서 킥킥대는 소리가 들렸습니다. 채 한 줄도 안 썼으니 내용 때문에 웃는 것은 아닌 듯했습니다.

　사실 동철은 맞춤법을 잘 몰랐습니다. 간단한 맞춤법마저 틀리자 아이들이 웃음을 터뜨린 것이었습니다. 아이들이 수군대며 웃어 대자 동철은 쥐구멍을 찾고 싶을 정도로 창피했습니다.

　몸을 돌려 선생님을 쳐다봤습니다. 선생님과 눈이 마주쳤을 때 동철은 선생님도 당황하고 있다는 걸 알아차렸습니다. 망신을 주려고 한 게 아니었는데, 이런 상황이 벌어져 동철에게 미안해하는 게 분명했습니다. 동철은 맞춤법이 틀리든 말든 '에라, 모르겠다.' 하는 심정으로 얼른 글짓기를 마친 다음 자기 자리로 돌아와 앉았습니다.

　선생님이 칠판 가까이로 걸어오더니 칠판에 동그라미를 그렸습니다.

　"너희들 왜 웃지? 지금 동철이가 맞춤법 틀렸다고 웃으면 안 돼. 동철인 너희들보다 국어는 못할지 모르지만 야구를 잘하잖아. 너희들 중 교실 뒤에서 분필을 던져 이 동그라미를 맞힐 수 있는 사람 있으면 나와 봐."

아무도 대답을 못 하자 선생님은 동철을 보며 말했습니다.

"자, 미래의 국가대표 투수님, 한번 실력을 보여 주시죠."

그러면서 선생님은 동철에게 분필을 던졌습니다. 선생님이 분필을 던지는 동작을 취하자마자, 동철은 가볍게 그 분필을 손으로 받았습니다.

동철은 아까와는 달리 굳은 결심을 한 듯한 표정으로 자리에서 일어났습니다. 그러고는 교실 뒤쪽으로 갔습니다. 사실 다른 아이들에게는 이 과제가 쉽지 않겠지만, 매일 야구 훈련을 하는 동철에게는 그리 어려운 일이 아니었습니다.

동철이 교실 뒤쪽에 서자, 아이들이 모두 고개를 돌려 동철을 쳐다봤습니다. 이번에는 아무도 웃는 아이가 없었습니다. 동철은 자세를 잡은 다음 정확히 원 안을 향해 분필을 던졌습니다. 아까와는 달리 이번에는 아이들이 모두 탄성을 질렀습니다. 그러자 선생님이 말씀하셨습니다.

"모두들 잘 봤지? 누군가를 평가하는 기준은 사람마다 달라. 너희들은 성적으로 평가받지만, 동철인 야구 실력으로 평가를 받아야 하는 거야. 자신이 갖고 있는 잣대로 다른 사람까지 평가하면 절대 옳은 판단을 내릴 수 없지."

동철은 자신의 편을 들어 준 선생님이 너무 고마웠습니다.

토크쇼에서 동철은 그날의 사연을 소개했습니다. 그리고 뒤늦게 방송을 통해서나마 선생님에게 그때 못다 한 고맙다는 인사를 했습니다.

방송이 나가고 며칠 뒤 뜻밖의 전화를 받았습니다. 바로 그 담임 선생님이었습니다. 선생님은 프로야구에서 맹활약하고 있는 동철을 보면서 "저 녀석이 내 제자야."라며 주위 사람들에게 자랑을 하고 다녔다고 했습니다.

그날 선생님은 직접 방송을 보지 못했지만 주위 사람들이 보고 이야기해 주었다고 합니다. 설마 자신을 기억하고 있으리라고는 생각도 못 했는데, 더군다나 자신을 인생 최고의 선생님으로 꼽아 주었다는 얘기를 듣고 깜짝 놀랐다고 했습니다. 자신을 기억해 준 제자를 꼭 한번 보고 싶은 마음에 방송국으로 전화를 걸어 동철의 연락처를 알아낸 것입니다.

선생님은 12년 전과 전혀 달라지지 않은 차분한 말투로 말했습니다.

"동철아, 그날 고마워해야 했던 건 네가 아니라 바로 나야.

선생님의 실수를 네가 멋지게 만회해 주었잖니. 난 지금도 네 경기는 꼭 본단다. 넌 최고야. 그때도 그랬고 지금도."

선생님은 역시 동철에겐 인생 최고의 선생님입니다.

유린

서울에서 태어났으며, 대학에서는 문학을 전공했고 지금은 평범하게 직장 생활을 하고 있다. 시인으로 등단했으며, 2003년 무렵 우연한 기회에 힘들어하던 후배에게 보냈던 편지가 인터넷을 통해 알려지면서 '마음을 따뜻하게 해 주는 글을 쓰는 사람'이라는 새로운 직업을 하나 더 갖게 됐다.

※ 이 글은 유린 작가의 작품 가운데 평범하지만 마음만은 넉넉하고 따뜻한 우리 이웃들의 이야기를 담은 『서른한 개의 선물』 중 일부를 발췌한 것입니다.

두근두근 오리엔테이션

김리연

드디어 첫 오리엔테이션 날이 되었다. 무엇을 입고 가야 할지 몰라 빅터에게 전화해서 조언을 부탁했더니, 청바지는 절대 입지 말라면서 캐주얼한 정장을 추천했다. 미국에서는 청바지를 입고 출근하는 것을 엄격하게 금지하는 직장이 많다. 캐주얼 데이가 있는 경우에는 청바지를 입어도 되지만, 병원은 거의가 예외이다. 나는 면접 날과 비슷한 단정한 차림을 하고 병원으로 향했다.

신규 오리엔테이션은 약 일주일 동안 병원의 메인 빌딩에 위치한 간호 교육부에서 진행되었다(병원 건물이 여러 개인데 몇 블록에 걸쳐 분산되어 있다). 미국 병원이 처음인 내게는 모든 것이 새로웠다. 함께 교육을 받는 사람은 열 명. 대부분 전문 간호사(NP, Nurse Practitioner)였고 여자와 남자의 비율은 반반이었다. 두 명은 박사 학위가 있는 간호사들로, 그중 한 명이 나중에 내게 항암제에 관해 교육해 줄 거라고 했다. 나머지도 많든 적든 경력이 있는 간호사들인 데다 학벌도 화려했다.

다 같이 자기소개를 하고 어디서 일했고 어떤 경험을 가지고 있는지에 관해 이야기를 나눴다. 영어식 이름을 쓸까 하다가 그냥 내 한글 이름을 쓰기로 했다.

"안녕하세요. 저는 한국에서 온 김리연 간호사입니다. 삼성서울병원에서 일했습니다."

"아! 그 휴대폰 잘 만드는 회사! 들어 봤어요. 그 회사가 병원도 가지고 있고 정말 신기하네요."

삼성병원에서 일했다고 말하면 대부분 이런 반응을 보였다. 졸지에 전직 삼성전자 직원이 된 것 같았지만, 그래도 외국인들이 삼성을 안다는 것이 어쩐지 자랑스러웠다. 외국인 간호사라 주목을 받을 줄 알았지만 전혀 그렇지도 않았다. 워낙 다양한 인종이 모여 살고 있는 나라라 그런지 외국인에 대해서도 열린 자세를 가지고 있었다. 훌륭한 교육 시스템을 갖춘 병원으로 이름이 있어서 세계 각지에서 온 수련생들도 자주 볼 수 있었다.

오리엔테이션은 모든 프로그램이 간호에 집중되어 있었다. 주로 병원의 시스템, 병원에서 쓰게 될 기계들과 그 사용법을 알려 줬고, 환자들을 정서적으로 지지하는 방법, 사회복지사와 연결해 주는 절차, 직원들의 스트레스 관리법에 관한 교육도 있었다. 환자의 전인 간호를 위한 전문적 프로그램을 다양하게 갖추고 있는 것이 놀라웠다. 오리엔테이션에서 직원 복지나 노동조합에 관한 교육에 상당한 비중을 할애하는 것도 인상적이었다.

기억에 남는 프로그램 중 하나는 마네킹 시뮬레이션 교육이었다. 마네킹을 이용해 실제로 환자를 간호하는 것처럼 연기해 보는 시간이었다. '제발 나 뽑지 마라.' 하고 속으로 빌었건만 내가 담당 간호사로 뽑히고 말았다. 등 뒤로 나를 둘러싼 세 대의 카메라가 촬영을 시작하자 나는 패닉에 빠지고 말았다.

"안녕하세요. 리연 간호사라고 합니다. 오늘 당신의 간호사가 될 거예요. 이름과 생년월일을 말씀해 주시겠어요?"

우리의 제임스 본드(마네킹의 이름이었다)는 눈을 깜박거리고 몸을 움직이는 데다 말도 할 수 있었다. 캬, 세상은 나날이 발

153

전하는구나, 감탄에 빠질 틈도 없이 상황극이 바로 시작되었다. 환자가 수술을 마치고 올라왔는데 갑자기 소리를 지르며 고통을 호소하는 상황. 마네킹이었지만 긴장되면서 식은땀이 났다. 보조 역할을 맡은 간호사들에게 이런저런 지시를 내리면서 최선을 다해 마치 진짜 사람인 듯 제임스 본드를 간호했다.

응급 상황극이 끝나자 다 같이 모니터하는 시간을 가졌다. 둘러앉아 함께 장면 하나하나를 돌려 보면서 이런 경우 환자에게 어떤 진단을 내려야 하는지, 어떤 약을 줄 것인지, 우선순위는 무엇이었는지, 앞으로 어떻게 간호해야 좋을지 등에 대해서 이야기를 나눴다. 경력이 많은 간호사들과 같이 시뮬레이션을 연습하고 논의하는 과정은 무척 유익했다. 모니터를 통해 허둥지둥하는 내 모습을 보니 얼굴이 화끈거리긴 했지만, 내가 저렇게 하는구나 싶고 마치 실전 경험처럼 정보가 머릿속에 쏙쏙 들어왔다.

나는 오리엔테이션 중에도 매니저의 요구로 종종 병동으로 불려 가 트레이닝을 받았다. 어떤 날은 아예 병동으로 출근하기도 했다. 그 덕에 병동에서 정식 업무를 시작했을 때 좀 더 빨리 적응할 수 있었다.

병동에서 나는 한국 사람 특유의 열심을 보이려 애썼다. 예전 신규 시절을 떠올리며 뭐든 가르쳐 줄 때마다 열심히 메모하고 바로 외우려고 노력했다. 한 달 동안은 퇴근 후 집으로 직행해 항암제 공부만 할 정도였다. 암 수술에는 많이 참여했지만 항암제를 직접 투여해 본 경험은 없었고, 그 수많은 항암제를 모두 외울 수 있을까 하는 걱정이 몰려왔기 때문이다. 친구들은 취업 축하 파티를 하자며 난리였지만 공부해야 한다고 다 나중으로 미뤘다.

그런데 매니저는 오히려 공부 좀 적당히 하라며 나를 말렸다. 한국에서는 빨리 배우라고 난린데, 여기서는 어째서 공부하지 말라며 난리일까?

"리연, 열심히 하려고 하는 것은 좋은데 너무 그러면 나중에 번아웃이 옵니다. 천천히 하세요."

내 프리셉터*를 맡은 레지나는 처음 일을 시작하고 나서 한동안은 아예 메모조차 못 하게 했다.

"편안하게 업무 과정을 지켜보고, 설명을 듣고, 모르는 것이 있으면 질문하세요. 우리는 환자 보라고 리연을 혼자 덜렁 던져 놓지 않을 거니까 우선은 구경만 하면서 자신감을 길러

● **프리셉터(preceptor)** 신입 간호사들이 업무에 잘 적응할 수 있도록 멘토 역할을 하는 사람.

요. 그것이 우선순위예요."

"저도 빨리 일을 익혀서 다른 직원들이랑 똑같이 일하고 싶은걸요."

"배우는 속도는 개인차가 있어요. 리연은 빨리 배우는 스타일이라 곧 혼자 일하게 될 거예요. 한꺼번에 다 외우려고 하지 말고 자연스럽게 익숙해지면 되니까 절대 서두르지 마세요. 리연이 나중에 환자 열 명을 보든 한 명을 보든 아무도 상관하지 않아요. 다만 한 명을 보더라도 투약 오류 없이 보는 것이 가장 중요해요. 긴장하면 새로 외우기는커녕 아는 것도 잊어버려요."

레지나는 꼼꼼하고 든든한 성격에 엄마처럼 푸근한 매력까지 더해진 사람이었다. 그녀가 날 믿어 주고 기다려 준 덕분에 낯설고 긴장되는 환경에서도 위축되지 않고 마음 편히 일을 배워 나갈 수 있었다. 나중에 레지나가 털어놓기를, 처음 내 프리셉터로 배정받아 교육을 담당하게 됐을 때는 걱정이 태산이었다고 한다.

"외국에서 온 간호사라니, 간호 실무에다 영어까지 가르쳐야 하는 거 아닐까, 솔직히 눈앞이 깜깜했어요. 그런데 업무도 빨리 익히고 정맥 주사도 곧잘 하고. 좋은 간호사가 왔다고 우리끼리 기뻐했어요."

베스 이스라엘에서 오리엔테이션을 받으며 가장 감격한 점은 모두가 나를 동등하게 대해 준다는 것이다. 경력이 나보다 20년 이상 많은 간호사들도 신규 간호사인 나를 동료처럼 대해 줬다. 일을 익히는 과정에서도 내가 충분히 자신감을 가질 수 있도록 기다려 주고 다그치는 사람이 없었다. 아무도 내가 처음부터 프로처럼 일하기를 기대하지 않았고, 부디 안전하게 간호하는 법을 익혀서 자신 있게 환자를 돌볼 수 있길 바라는 분위기였다. 게다가 처음 만났는데도 농담하고 친한 척하며 어찌나 다정하게 대해 주는지. 감격스러워서 몸 둘 바를 모를 정도였다.

처음 경험해 보는 종류의 동료의식에 몹시 낯설면서도 '그래, 이게 내가 바라던 이상적인 환경이었지.'라는 생각과 함께 곧 편안함이 찾아왔다. 또 이렇게 좋은 동료들과 상사를 만나게 된 것이 얼마나 행운인지 거듭 감사했다. 보답하고 싶은 마음에 나 역시 어서 빨리 이들에게 도움이 되는 간호사로 거듭나야겠다는 의욕이 솟았다. ……그래서 말 안 듣고 계속 열심히 공부했다.

김리연

제주도에서 나고 자랐다. 진로 결정의 순간, 뉴욕에 살고 싶다는 바람 하나로 미국 간호사가 되기로 결심한다. 2005년 제주한라대학교 간호과를 졸업하고 삼성서울병원 신입으로 입사해 이비인후과 병동 간호사로 2년, 수술실 보조 간호사로 2년의 경력을 쌓았다. 꾸준한 노력 끝에 2013년 드디어 뉴욕 대형 병원에 입성, 현재 마운트 사이나이 베스 이스라엘 암 센터에서 간호사로 일하고 있다. 지은 책으로 『간호사라서 다행이야』가 있다.

알루미늄 캔 속에 고이 간직된 추억

김범수

내가 호스트[•]를 옮기고 얼마 되지 않았을 무렵, 호스트 가족들과 저녁 식사 후 각자의 흥미에 대해 담소를 나누고 있었다. 아직 브랜든을 제외한 호스트 가족들이 나를 잘 모를 때여서, 서로를 잘 알아 가기 위한 목적도 있었다. 이야기는 자연스럽게 내가 뭘 좋아하는지, 뭐에 흥미가 있는지에 관해서 중점이 맞추어졌는데, 필연적으로 사진과 카메라 이야기가 안 나올 수 없었다.

실제로도 조금 놀라웠던 점은, 물론 전문적으로 배운 건

● **호스트** 자신의 집을 여행자, 유학생 등 타인에게 숙소로 제공하는 사람. (이 글에서는 집주인과 제공된 숙소를 아울러 지칭한다.)

아니지만, 호스트 부모님의 사진에 대한 생각은 정말 남들과 달랐다는 것이다. 이유인즉슨, 두 분의 가족 중에 모두 사진 활동을 하는 분들이 계셔서 어릴 때부터 관심이 있었다고 했다. 그러더니 침실에서 필름 카메라 두 대를 주섬주섬 가지고 오셨다. 카메라 두 대는 모두 미놀타 모델이었는데, 그중 미놀타에서 나온 명기 중에 하나인 x700도 있었다.

미놀타 x700은 정말 클래식한 검은색 SLR 카메라*로, 세계 최초로 프로그램 오토 모드를 탑재한 카메라다. 게다가 그런 전설적인 카메라를 눈앞에서 보고 있다는 사실만으로도 충분히 감격스러웠는데, 호스트 엄마가 뜻밖의 제안을 하셨다. 내가 같이 사는 6개월 동안 나에게 빌려주시기로 한 것이다. 그리고 결론부터 말하자면, 6개월이 지난 지금은, 어느 시의 한 구절처럼 그 카메라는 나에게로 와서 '꽃'이 되었다.

생각대로 필름 카메라는 아주 매력적인 감성을 지니고 있었다. 전자식이긴 하지만 경쾌한 셔터 소리와 셔터 한 번 한 번이 주는 여운은 쉽사리 헤어 나올 수가 없다. 게다가 필름이 요즘은 워낙 비싸서(한 장 찍을 때마다 천 원꼴로 돈이 든다) 디

• **SLR 카메라** 렌즈를 통해 들어오는 빛을 거울이나 프리즘으로 반사해 파인더로 보여 주는 방식의 수동 카메라.

지털카메라로 하는 것처럼 수십 장을 막 찍을 수가 없다.

그런 까닭에 필름 카메라를 잡는 내 손은, 평소보다 몇 배는 더 신중하게 된다. 하지만 그렇게 찍은 한 장의 사진은 따로 보정을 하지 않아도 디지털카메라가 따라올 수 없는 감성을 뿜어낸다. 디지털카메라로 찍은 사진을 아무리 보정해 봐도, 필름의 그 소박하고 감성적인 느낌을 따라갈 수가 없다.

카메라를 받아 들고 너무 기쁜 나머지, 학교로 카메라를 들고 가서 브랜든과 테스트를 해 보기로 했다. 브랜든은 학교 사진 수업에서 보조 일을 하고 있어서 사진 선생님께 꽤 좋은 필름 한 롤을 얻을 수도 있었다. 그때 장착한 것이 일포드 400 필름인데, 아직까지 필름 통 속에 고이 모셔져 있다. 나에게는 너무 뜻깊은 필름 롤이라서 선뜻 인화하기가 어렵다. 솔직히 말하자면, 인화하고 싶지 않다. 다만, 그 추억을 알루미늄 캔 속에 고이 간직하고 싶을 뿐이다.

지금도 호스트 부모님이 주신 수동 SLR 카메라는, 소니 디지털카메라와 함께 내 어깨 한쪽에 걸려 다닌다. 호스트 엄마가 마지막에 카메라를 나에게 가지라고 하시며, 이렇게 말씀하셨다.

"범수야, 나는 네가 이 카메라를 팔아도 좋고, 써도 좋고,

네가 하고 싶은 대로 했으면 좋겠다. 그 카메라는 우리 아버지가 쓰시던 건데, 나보다는 너에게 훨씬 더 많은 의미가 있으리라고 생각한다. 내 침실에서 수십 년간 구석에 처박혀 있느니, 네 손에 쥐여서 네 꿈을 향해 가는 길에 같이 걸어갈 수 있는 동반자가 되었으면 좋겠구나."

이 말은 아직도 내 마음속에 한 장의 사진이 되었다. 그래서 내가 그 카메라에 눈을 가져다 대고 세상을 보는 순간마다 머릿속을 맴돈다.

김범수

경남 진해에서 태어났다. 로체 원정대 대원으로 2회의 히말라야 원정을 마치고 고2가 되던 해인 2015년 8월 알래스카로 고등학교 교환 학생을 떠났다. 강한 도전 정신의 소유자로 새로움에 대한 두려움이 없으며 자신의 경험을 자신만의 독특한 색깔로 사진에 녹여내는 걸 좋아한다. 꿈인 '포토저널리스트'를 향해 달려가는 그의 레이스는 지금 이 순간에도 진행 중이다.

나를 일으켜 세운 말

양익준

미래에 대한 가능성 자체가 전무했던 10대의 나. 하릴없이 친구들을 만나 술을 마시고 당구를 치고 일주일에 서너 번 죽돌이처럼 나이트클럽에 들락거리던 그 시절. 어떤 친구들은 춤에 빠져 몸을 흔들며 살았고, 어떤 친구들은 술과 담배 그리고 가스와 본드에 취해 세상을 빙글빙글 바라보며 살았다. 10대 시절의 우리는 흔들흔들, 빙글빙글 그저 하루하루를 허비하고 있었다.

그러던 어느 날, 친한 친구 하나가 SBS 창사 특집 방송으로 기획된 춤 경연 대회 '꾸러기 콘테스트'에서 입상하며 순식간에 가수로 데뷔했다. 내가 고등학교 1학년 혹은 2학년이던 때였다. 늘 함께 흔들흔들, 해롱해롱 지내던 그 친구는 스타가 됐고, 난 녀석이 나오는 방송을 보면서 속으로 부러워하고 동경했다. 물론 그 부러움과 동경은 그 시절 함께했던 친구들 모두의 마음이었을 것이다.

가수가 된 지 얼마 안 된 녀석과 어느 날 술을 마시게 되었는데 난 꽤 취한 상태에서 무심결에 "너는 춤으로 가수가 되었으니 나는 탤런트가 되어 TV에 나오겠어."라고 툭 말을 뱉어 버렸다. 친구들 앞에서 취중 선언을 해 버린 것이었다. 물론 부러움과 자격지심이 섞여 나온 말이겠지만, 참 무식하게도 난 그날 뱉어 버린 말대로 탤런트를 목표로 삼게 됐다. 고등학교 2학년 무렵부터 간간이 드라마 보조 출연을 했고, 방송국 탤런트 모집에 세 번인가 응시했으며(다 떨어졌다), 군대 가기 직전엔 연기 학원을 등록해 다녔다. 그런데 사실 드라마 보조 출연을 하던 즈음부터 난 탤런트보다는, 나에게 숨어 있는 내적인 표현을 드러내는 '배우'라는 직업에 더 끌리고 있었다.

이후 군대를 제대한 나는 연기 전공으로 대학을 다녔고, 졸업 후 영화에 끌려 단편 영화에 수도 없이 지원서를 내고 수없이 출연했다. 그렇게 몇십 편의 단편 영화에 출연하며 5, 6

년을 보냈건만 뭔가 내 속에 있는 진짜 나를 쏟아 내지 못한 듯한 한계점에 다다랐다. 답답함을 느끼던 중에, 내 속에서 몸부림치는 녀석을 해방하기 위해 이전부터 은근슬쩍 흠모하던 '감독'이라는, 자기 이야기를 영화로 만드는 역할자로서의 시도를 해 보겠다고 맘먹었다. 그리고 역시 술기운을 빌려 여럿이 있던 술자리에서 "장편 영화를 만들겠다."라고 취중 선언을 해 버렸다.

마침내 서른두 살 되던 해인 2006년, 자전적 이야기를 실마리 삼아 시나리오를 썼고 2007년과 2008년을 거쳐 영화로 완성했다. 그 영화가 나의 장편 영화 데뷔작 『똥파리』이다.

한데 사실 『똥파리』를 만들게 해 준 또 하나의 중요한 계기가 있다. 똥파리 이전에 중편 영화 『바라만 본다』를 만들었는데, 이 영화를 연출하려는 나의 시도에 불을 붙여 준 것이 어느 영화 잡지에 나온 한 줄의 말이었다. "흐르는 강물에 새기려 하지 말고 바위에 파서 새겨 넣어라." 즉 주야장천 생각만 할 바에는 차라리 만들어 버리라는 말이다.

이 말을 한 이는 바로 세계적 영화 거장인 대만 출신의 허우 샤오시엔 감독이다. 난 당시 그가 누구인지도 몰랐건만, 어딘가의 강연에서 그가 했던 말을 옮긴, 잡지에 실린 한 줄의 말로 나 자신의 소리를 내는 영화를 만들기 시작했다.

이후 『똥파리』는 대만에서 열린 타이베이국제영화제에 초청되었고, 당시 그 영화제의 집행위원장이었던 허우 샤오시엔 감독께서 영광스럽게도 『똥파리』를 본 후 나를 당신의 단골 술집에 데려가 술을 사 주셨다. 언어 문제로 서로 말이 통하지 않았지만, 허우 샤오시엔 감독은 어색한 사이를 뚫고 건들건들한 표정을 지으며 "씨발놈아."라며 단방에 내 영화에 대한 감상을 표하셨다. 하하하.

부러움, 상대적 박탈감, 분노, 괴로움……. 참 좋지 않은 기분의 감정들이다. 한데 이를 이겨 내고자 하는 과정에서 어느새 우리는 스스로 당당히 서게 된다. 『똥파리』 이후 두 번째 작품까지의 시간이 참 길다. 차기작에 대한 동력이 아직 생기지 않는다. 하지만 급하게 생각하거나 자괴감에 빠지지는 않는다. 내가 하려는 다음 이야기가 내면에서 숙성될 시간을 갖는 것으로 생각할 뿐이다. 감독으로서는 휴지기를 갖고 있지만, 표현에 한계를 느껴 영화 연출로 나를 전향시킨 '연기'가 현재의 시간을 잘 엮어 주고 있다. 내게 한계를 경험케 했던 녀석이 지금은 내 삶과 생계를 책임져 주고 있으니 고맙고 기특하기만 하다. 이 글이 공개될 즈음 난 일본으로 넘어가 새로운 연기 작업에 착수해 있을 것이다. 이 일을 잘 끝내면 아마도 다시 한번 연출에 도전하지 않을까, 그런 바람을 가져 본다.

양익준

수십 편의 영화에 출연해 온 베테랑 배우이자 감독이다. 2000년부터 본격적으로 배우 생활을 시작해 단편 영화와 장편 영화를 넘나들며 인상적인 연기를 펼쳐 왔다. 2005년 미장센단편영화제에서 연기상을 받았고, 같은 해 첫 연출작인 중편 영화 『바라만 본다』로 서울독립영화제에서 관객상을 받았다. 2008년에는 생애 첫 장편 영화인 『똥파리』를 만들어 60여 군데에 이르는 세계 유수 영화제에 초청을 받고 서른여덟 개에 이르는 상을 받았다.

꿈을 꾼다는 건

김준호

미술 시간이었다. 아이는 수업이 끝나도록 아무것도 그리지 못했다. 도화지는 하얀색 그대로다. 선생님은 아이를 혼내거나 다그치지 않고 하고 싶은 대로 마음껏 해 보라고 했다. 그러자 아이는 연필로 도화지에 점 하나를 찍었다. 선생님은 이번에는 도화지에 이름을 쓰라고 했다. 아이는 뽀로퉁히 이름을 적었다. 그런데 일주일 뒤 미술 시간, 선생님 책상 위에 액자가 걸려 있는 걸 발견한다. 점이 찍힌 바로 자신의 도화지다. 아이는 액자에 담긴 점을 보고 더 잘 그릴 수 있다며 그동안 한 번도 써 보지 않았던 수채화 물감을 꺼내서 다양한 점을 그리기 시작한다. 그 그림들은 학교 미술 전시회에 걸리고 많은 관심과 사랑을 받는다. 이 이야기는 그림책 『점』*주인공 베티의 이야기다.

역사 시간이었다. 수업을 하던 선생님이 갑자기 과거와 현재의 신분제를 비교하는 질문을 했다. 교과서에 나오지 않는 내용이라 한참 동안 아무도 대답하지 못했다. 선생님은 답을 알려 주지 않고 한 명씩 지목하면서 다시 질문했다. 반 아이들의 침묵은 계속 이어졌다. 난 끝 분단 맨 뒷자리에 앉아 있었다. 한 명씩 이름이 불릴 때마다 초조하고 긴장되었다. 얼굴을 붉어지고 가슴은 쿵쾅쿵쾅 뛰었다. 내 앞에서 누군가 정답을 맞혀 주길 바랐다. 하지만 아무도 대답하지 못했고, 결국 내 이름이 불렸다. 나도 다른 아이들처럼 침묵할까 했지만, 머릿속에 떠오르는 답이 있었다. 확신이 있었던 것은 아니다. 아무도 대답하지 않으니 나라도 대답을 해야 할 것 같았다. 떨리는 목소리로 생각했던 답을 말했다. 수줍음 많고 주목받는 게 두려운 나에게는 큰 용기가 필요했던 일이었다. 답을 마친 후 고개를 푹 숙이고 있는데 선생님이 상기된 목소리로 말했다.

"대단해. 이 질문에 정확하게 답을 말한 학생은 네가 처음이다. 모두 박수!"

•피터 H. 레이놀즈 글·그림, 김지효 역, 『점』, 문학동네, 2003

선생님이 말이 끝나자 친구들은 내게 크게 박수를 쳐 주었다. 학교생활 중 이렇게 큰 관심과 칭찬을 받아 본 적 없었기에 처음에는 당황했지만 선생님이 칭찬 한마디, 친구들의 박수 덕분에 너무나도 행복해졌다. 이 이야기는 수십 년이 지났지만 아직까지도 생생하게 기억 나는 고등학교 시절 내 이야기이다.

미술 시간의 베티, 역사 시간의 나에게는 공통점이 있다. 가능성을 발견해 준 좋은 선생님을 만났다는 것이다. 액자에 담겨 있는 점을 본 베티의 마음을 어땠을까? 그 후 베티는 더 많은 점을 그리기 시작하면서 그리기에 매진한다. 자신이 좋아하는 일을 찾고 노력하고 인정받으며 베티의 학교생활은 즐거워진다. 선생님이 보여 준 한 번의 믿음으로 베티의 무한한 가능성이 펼쳐졌다. 베티는 새로운 꿈을 향해 나아갔을 것이다.

나도 그랬다. 고등학생이었던 나는 남들에 비해 특별히 잘하는 게 없는 아이였다. 학급에서 존재감도 없었고 무엇이 되고자 하는 꿈도 없었다. 그냥 하루하루 살아가기 바빴다. 그런데 역사 선생님의 한 번의 칭찬으로 삶이 바뀌었다. 할 수 있다는 자신감이 생기기 시작했다. 역사 과목이 좋아졌고 열심히 공부했다. 시험을 칠 때마다 역사 점수가 오르자 다른 과목도 욕심이 났다. 나에게 처음으로 꿈이 생겼다. 역사 선생님 같은 선생님이 되고 싶었다. 자신감 없고 움츠러들어 있는 아이들의 꿈을 키워 주는 선생님이 되고 싶었다. 한 번의 칭찬, 한 번의 믿음으로 아이의 삶을 변화시킬 수 있는 선생님이 너무나도 멋져 보였다. 나는 꿈을 이루기 위해 열심을 다했다. 그리고 30년이 지난 지금, 그런 아이들을 교탁에서 바라보고 있다.

아주 오랜 옛날, 땅 위에 살았던 고래 꾸고[•]가 있었다. 꾸고는 덩치가 아주 커서 다른 친구들에게 미움을 받는다. 친구들은 꾸고 때문에 버스가 좁아졌다고 불평하고, 교실 문에 낀 꾸고를 놀린다. 꾸고는 운동장에서 노는 친구들이 한없이 부럽다. 남들과 다른 모습으로 혼자 지내는 게 힘들다. 그러던 어느 날, 친구들이 물놀이하던 중에 코끼리가 위험에 처한다. 꾸고는 물에 한 번도 들어가 본 적이 없지만, 물속으로 뛰어들어 코끼리를 구한다. 친구들은 꾸고를 향해 물속에서는 엄청 빠르다며 칭찬한다. 우연한 기회로 자신이 잘하는 것을 발견한 후 꾸고에게는 새로운 꿈이 생긴다. 그건 바로 바다로 가

•이범재 글·그림, 『꾸고』, 계수나무, 2018

는 것이다. 꾸고는 그 후 꿈을 이루기 위해 부단히 노력한다. 결국 꾸고는 바다에 이르게 된다. 바다에서 꾸고는 더 이상 부러울 것 없는 존재가 된다.

꾸고도 그랬다. 친구들에게 놀림받고 무기력했지만, 우연한 기회로 자신이 잘하는 것을 발견하고 꿈을 꾸기 시작했다. 연습에 연습을 거듭한 끝에 꾸고는 결국 꿈을 이루고 행복한 삶을 살게 된다.

"이것 하나만은 확실해. 네가 여기에 있다는 사실.
그리고 네가 여기에 있기 때문에……
……무슨 일이든 가능하다는 것."

『아마도 너라면』
코비 야마다 글 · 가브리엘라 버루시 그림
이진경 역, 상상의힘

우리는 모두 특별한 존재다. 살아 있다는 이유만으로 소중한 존재다. 바로 지금, 여기에 있기에 무슨 일이든 해낼 수 있는 존재다. 하지만 그런 존재만으로 멈춰 있을 순 없다. 간절히 이루고자 하는 꿈을 가져야 한다. 내가 가진 꿈이 나를 자라게 한다. 오늘도 새로운 꿈을 꾼다.

김준호

그림책으로 아이들을 만나며 생각이 자라고 마음이 따뜻해지는 수업을 꿈꾸는 교사이다. 그림책으로 수업하고 학급을 운영하며 마음을 열고 관계를 꽃피우는 교실을 만들기 위해 노력하는 교사들의 모임인 그림책사랑교사모임 대표이다. 삶이 힘들 때면 그림책으로 위로와 위안을 얻으며, 한 권의 그림책이 세상을 아름답게 만든다고 믿는다. 그동안 쓴 그림책으로 『좋은 아침』 『대주자』가 있다

못해도 괜찮아

강혜정

선생님. 봄의 야리야리하고 화려했던 초록 길을 지나 어느
덧 녹음 짙은 여름이 찾아왔습니다. 선생님께서는 저에게 늘
이렇게 말씀하셨죠.

"봄 뒤에 찾아오는 여름의 녹음이 눈부시게 아름다운 이유
는, 초록에 희망이 숨어 있기 때문이란다. 짙어지는 것. 그것
을 두려워해서는 안 돼."

어렸던 저였기에, 선생님의 그 말씀을 다 이해하지 못하고
도 그저 알아듣는 척 고개를 주억거리고 말았지만, 서른을 훌
쩍 넘긴 지금은 미약하게나마 해득*하고 있습니다. 그때는 무

● **해득** 뜻을 깨쳐서 앎.

슨 자존심인지, 왜 되묻는 것을 극도로 꺼렸을까요? 중학생 소녀의 수줍고도 어려운 사춘기였을까요?

선생님, 선생님과 처음으로 마주했던 단발머리 시절, 중학교 1학년의 교실이 떠오릅니다. 초등학교를 갓 졸업한 철부지 꼬마들을 데리고 무엇을 하는 것이 즐거울까, 한참을 고민하시더니, 손가락을 가볍게 퉁겨 내고 칠판에 단어 하나를 적으셨죠.

벌써 십수 년도 지난 오래전 일이라 그 단어가 무엇인지 정확히 떠올리기 어렵지만, 그날의 분위기를 머릿속에 그려 봤을 때 기쁨보다 당황스러웠던 감정이 먼저 떠오르는 것을 보면, 어렸던 저에게 작지 않은 충격으로 다가왔던 모양입니다.

아마도 그랬을 겁니다. 선생님도 기억하고 계시겠지만, 저는 무언가를 쓴다는 것과는 거리가 먼 소녀였죠. 오히려 그리는 것에 재능이 있었으면 있었지, 칠판에 적힌 주제로 작문을 한다니요. 공책 위에 단어 하나 달랑 적어 놓고, 어쩔 줄 몰라 하며 주변을 두리번거리던 제게, 선생님께선 웃는 얼굴로 다가와 이렇게 말씀하셨죠.

"못해도 된다. 하지만 안 하는 건 안 된다."

열네 살의 저에게는 '못해도 되는' 것과 '안 해도 되는' 것의 경계가 없었습니다. 저에게 그 두 마디는 동의어와 다름이 없었기에, 선생님의 말씀은 이해할 수 없는 언어적 오류였죠.

제가 눈을 깜빡대며 선생님을 올려다보자, 저에게 무슨 얘길 들려주셨는지 기억하시나요? 선생님의 그 말씀이 제 인생을 완전히 뒤바꿔 놓았다는 걸 알고는 계시나요?

"못해도 된다. 누구나 못할 수는 있는 거야. 하지만 안 하는 건 아주 비겁한 행동이란다. 도망치는 거야. 내가 나한테 지는 거지. 그런 내가 과연 누구를 이길 수 있을까?"

선생님의 말씀은 중학교 1학년이 이해하기에는 결코 쉽지 않은 조언이었지만, 확실한 건 그날 들려주신 그 얘기 덕에, 못하는 것들 앞에서도 결코 주눅 들지 않는 제가 됐다는 거죠. 못한다고 놀리는 친구들 앞에서도 늘 당당할 수 있었습니다.

"안 하는 것보다 낫잖아."

그 말이 저에게 든든하고 단단한 방패가 되어 주었거든요. 아마도 선생님께선 저에게 들려주신 진심 어린 얘기들을 저 말고도 다른 많은 학생들의 마음속에 골고루 파종했겠죠.

선생님, 그날 이후로 글을 쓴다는 것에 재미가 붙어, 지금은 글을 쓰는 것이 직업이 되었습니다. 선생님이 지금의 저를 보신다면 기특하다고 해 주실까요? 아니면 고집스럽다고 놀리실까요.

중학교 시절, 쉬는 시간마다 어울려 뛰놀던 친구들 얼굴은 '기억 속의 먼 그대'가 돼 버린 지도 오래전이지만, 선생님의 모습만큼은 그 시절 그대로 선명하게 떠오르는 걸 보면, 아마도 선생님은 저에게 '잊고 싶지 않은 추억 속 이야기' 중 하나로 새겨진 모양입니다.

누군가 저에게 "언제부터 글을 쓰길 소망하며 살았느냐?"라고 물어 올 때마다, 아주 당연하게 선생님을 떠올리며 그 시절을 회상하게 될 것만 같습니다.

세월이 한 해 한 해 흐를수록, 저는 점점 나이가 들어가는데 제 기억 속의 선생님은 늘 한결같은 모습이라…… 조만간 동년배가 될 것 같은 예감입니다만, 그때가 되면 선생님께서 제게 들려주셨던 많은 얘기들을 온전히 이해하게 될까요? 그럴 수 있기를 간절히 바랄 뿐입니다.

강혜정

읽는 것을 좋아하는 라디오 작가이다. 그래서 읽는 것도 쓰는 것도 자연스러운 일이
었다. 글을 쓰고 말을 쓰고 사람을 쓰다 보니, 라디오로 오게 됐다. 라디오에서는 모
두가 화자이며 청자이고 주인공이다. 라디오 안에서만큼은 그렇다는 믿음으로, 14
년째 꾸준히 듣고 읽고 쓰고 있다. 지금까지 라디오 프로그램 『데니의 키스 더 라디
오』『굿모닝팝스』『메이비의 볼륨을 높여요』『이수영의 뮤직쇼』 등을 맡았다.

부록

꿈을 묻다, 길을 비추다

「꿈을 묻다, 길을 비추다」에서는

앞서 만났던 멘토들의 질문에 답을 하며

과거의 나를 돌아보고, 지금의 나를 마주하고

또 미래의 나를 그려 본다.

*멘토들의 질문에 답하며 나의 꿈, 나의 길에 대해 고민해 봅시다.

"나는 그때 미술반원이 된 것을 처음으로 후회하면서 엉뚱하게도 시를 써서 교지에 투고를 해야겠다고 입술을 깨물었다.**"** - 안도현

• 나의 오기를 자극한 일이 있었나요?

_____

_____

_____

" 머리를 한 가닥으로 질끈 묶고 유니폼을 입은 그녀들에게서 뿜어져 나오는 차분함, 진지함, 프로페셔널한 모습에 반해 버렸다. **"** - 강진주

• 한눈에 반할 만큼 멋져 보였던 사람이 있었나요?

_____

_____

_____

"우연히 같게 써진 한 글자의 글씨 앞에서 그는 지금 자기가 과거 시험을 보고 있다는 사실마저 까맣게 잊고 말았던 것이다. **"** - 정민

• 무언가에 깊이 몰두해 본 경험이 있나요?

_____

_____

_____

" 나는 왜 태어났을까, 나는 왜 이런 부모님을 만난 걸까, 산다는 건 무엇일까, 무엇을 위해 나는 살아가야 하는 걸까 " - 박정희

· 주어진 환경 때문에 괴로웠던 적이 있나요?

_____

_____

_____

" 숟가락으로 깔끔하게 밥을 먹은 날 부모님은 함박웃음을 지으며 기뻐했다. 생각해 보면 그것이 '홀로서기'의 첫걸음을 내디딘 날이었다. "

- 고지마 유지

· 홀로서기를 경험한 적이 있나요?

_____

_____

_____

" 언제부터인가 선생님들께서 '귀가 좋다' '잘 듣는다'고 하시니까 저도 그렇게 믿게 됐어요. " - 이루마

· 기억에 남는 칭찬이 있나요?

_____

_____

_____

66 범수야, 나는 네가 이 카메라를 팔아도 좋고, 써도 좋고, 네가 하고 싶은 대로 했으면 좋겠다. **99** - 김범수

- 특별한 의미가 담긴 소중한 물건이 있나요?

_____

_____

_____

66 나는 그에게 다가가 함께 음악을 하자며 손을 내밀었고, 한군은 다음 날 그 손을 잡아 주었다. **99** - 복태

- 누군가에게 일을 권해 본 적, 혹은 제안받아 본 적이 있나요?

_____

_____

_____

66 자기 발전의 출발점은 자기 한계를 인정하는 지점입니다. **99** - 박상우

- 나의 한계를 느낀 적이 있나요?

_____

_____

_____

&& 늘 고개를 숙이고 다니던 내가 다시 일어설 수 있었던 것은 음악 덕분이었다.**??** - 이은미

- 힘들 때 나를 일으켜 주었던 것이 있나요?

_____

_____

_____

&& 무엇인가 끝까지 좋아하다 보면, 언젠가 그 취미가 인생에 답하는 날이 옵니다. **??** - 김광준

- 취미를 직업으로 삼는다면 어떨 것 같나요?

_____

_____

_____

&& 내가 받은 가장 큰 축복은 '성실함'과 '끈기'라고 생각한다. **??** - 윤미경

- 내가 받은 가장 큰 축복은 무엇인가요?

_____

_____

_____

❝무대만 오르면 손이 차가워질 정도로 울렁증이 심하다는 걸 누가 알까? 그 덕에 너는 어릴 때부터 '연습이 진리'라는 걸 알았으니 울렁증은 고마운 선물이지.**❞** - 홍지민

• 나의 약점을 강점으로 만들 수 있을까요?

_____

_____

_____

❝한복 때문에 '사람들이 흉보진 않을까, 이상한 눈초리로 바라보지 않을까?'하고 걱정부터 했다.**❞** - 황이슬

• 사람들의 시선 때문에 주저하고 있는 일이 있나요?

_____

_____

_____

❝주위 사람들은 외적으로 인정받을 수 있는 연구소에 남는 것이 더 나은 길이라고 충고해 주었습니다.**❞** - 이영진

• 외적 인정과 내적 만족 중 어떤 것을 선택하고 싶은가요?

_____

_____

_____

첫째, 돈이 적다고 그만두지 말자. 둘째, 일이 힘들다고 그만두지 말자. 셋째, 사람이 싫다고 그만두지 말자. - 최웅재

• 나만의 '그만두지 않기 조건'이 있나요?

_____

_____

_____

누군가 나에게 바다를 좋아하느냐고 묻는다면 당연히 "그렇소!"라고 대답할 것이다. 그런데 이 세상에서 가장 무서운 것이 무엇이냐고 묻는다면 그 대답은 "바다!"일 것이다. - 윤태근

• 두렵지만 나의 도전 의식을 자극하는 것이 있나요?

_____

_____

_____

우리는 서로를 '건축가 님' 그리고 '건축주 님'이라고 부르면서 웃었다.

- 윤주연

• 미래의 나는 나는 어떤 이름으로 불리고 싶나요?

_____

_____

_____

*미래의 나는 어떤 모습일까요? 어디에서 어떤 일을 하고 있을지, 누구를 만나고 무엇을 꿈꾸고 있을지 자세히 적어 봅시다.

1년 후의 나

_____

_____

_____

_____

_____

_____

_____

5년 후의 나

_____

_____

_____

_____

_____

_____

_____

10년 후의 나

_____

_____

_____

_____

_____

_____

_____

20년 후의 나

_____

_____

_____

_____

_____

_____

_____

| 작품 출처 |

중3 때 처음으로 쓴 시 「외로울 때는 외로워하자」 샘터사
그려지는 시간, 지워지는 시간 「월간 에세이 통권 제320호」 월간 에세이
아무나 누릴 수 없는 행복 「바보 똥개 뽀삐」 엔트리
취미가 답할 때 「AMBLER Vol.120」 좋은생각사람들
삶 속에 주어진 무수한 갈림길에서 「내 인생의 결정적 순간」 이미지박스
가수가 꿈이었나요? 「이은미, 맨발의 디바」 문학동네
진짜 인생 「좋은생각 통권 제 273호」 좋은생각
새우잠을 자더라도 고래 꿈을 꾸어라 「내 인생에 힘이 되어준 한마디」 (주)김영사
그대의 한계를 슬퍼하지 마세요 「인생을 충전하는 99가지 이야기」 뿔
미치지 않으면 안 된다 「정민 선생님이 들려주는 한시 이야기」 보림
세상의 기준과 내가 하고 싶은 일이 부딪친다면 「별이 빛나는 건 흔들리기 때문이야」 샘터사
간절한 꿈을 이루기 위해 바닷길에 나서다 「꿈의 돛을 펼쳐라」 미래지식
손이 되어 가는 발 「발로 이루는 꿈」 황금여우
지금 네 심장이 하는 말, 꿈은 반드시 이루어진다는 소망! 믿고 끝까지 달려
「인생에서 조금 더 일찍 알았으면 좋았을 것들」 글담출판사
살살이꽃은 한순간도 춤추기를 멈추지 않는다 「우리는 지금 유니콘의 숲을 거닐고 있다」 좋은땅
음악 인생, 삶의 나침반 「월간 에세이 통권 제335호」 월간 에세이
힘이 되는 칭찬 한마디, 그 덕분에…… 「이루마의 작은 방」 명진출판
내 인생의 최고의 선생님 「서른한 개의 선물」 더난출판사
두근두근 오리엔테이션 「간호사라서 다행이야」 원더박스
알루미늄 캔 속에 고이 간직된 추억 「소년, 꿈을 찾아 길을 나서다」 책읽는귀족
나를 일으켜 세운 말 「월간 에세이 통권 제352호」 월간 에세이
못해도 괜찮아 「월간 에세이 통권 제352호」 월간 에세이